人文叢書 文學類

我心萬古心

我怎樣做學問

做文史學問
要注意故紙堆外的實物世界
發現新答案

遊山玩水
風土人情
會心處都是學問

以古論古
才合乎「時」

一字一詞追根究柢都是學問

黃永武 著

三民書局

國家圖書館出版品預行編目資料

我心萬古心：我怎樣做學問／黃永武著.－－初版一刷.－－臺北市: 三民, 2014
面;　公分.－－(人文叢書.文學類14)

ISBN 978-957-14-5908-0　(平裝)

1. 中國文學 2. 治學方法

820.1　　　　　　　　　　103008908

© 我心萬古心
——我怎樣做學問

著 作 人　黃永武
責任編輯　鄭兆婷
美術設計　馮馨尹
發 行 人　劉振強
發 行 所　三民書局股份有限公司
地址　臺北市復興北路386號
電話　(02)25006600
郵撥帳號　0009998-5
門 市 部　(復北店) 臺北市復興北路386號
(重南店) 臺北市重慶南路一段61號
出版日期　初版一刷　2014年6月
編　　號　S 857840
行政院新聞局登記證局版臺業字第〇二〇〇號

ISBN　978-957-14-5908-0　(平裝)

http://www.sanmin.com.tw　三民網路書店

《我心萬古心》序

寫作與治學，是我精神生活裡左右兩根交替作用的大動脈，我既為寫作出版了一本《好句在天涯》，書中自我剖解走在寫作路上的幽光奇趣，也該再出版此本《我心萬古心》，依據己身經驗配上實證趣例，力避虛腔空調，只求親切明白，將幾番親赴學術深淵裡尋覓驪龍頷珠的試探過程，坦誠地奉獻出來，分享大家。《好句在天涯》得到不少讀者的正面回應，說「十分受用」，希望本書也能成為學子們表裡普現、鑑容照膽的借鏡。

中國的學問，一般人粗分為義理、考據、辭章三門，但試看太史公在〈報任安書〉中所描繪的學術光輝理想是：「欲以究天人之際、通古今之變、成一家之言」，細析這三句：「究天人之際」偏重義理求善；「通古今之變」偏重考據求真；「成一家之言」偏重辭章求美。話雖分三句，而太史公所欲實現的理想使命目標只有一個，乃是將考據、義理、辭章所求的真善美三位一體地達成。這也啟示吾人，中國學問本應將此三者兼備，如鼎的三足並峙，合力支撐一個四平八穩的巨大文化鼎鼐。

我一生的寫作與治學，面向極廣，與他人不同處，大概就在面向該括了考據、義理、辭章的不同風景路段。我在《好句在天涯》裡曾說：「每路段使用不同的行進工具：遇到訓詁聲韻的考據之學，我就得步行，步步踏實，不容蹈虛；遇到群經釋道的義理之學，我就得划舟，涵泳江海，不容急躁；遇到寫詩作文的辭章之學，我就得飛航，凌空超絕，不容憑藉。」這陸運、海運、空運的載行工具雖變換不同，但我文學之旅奔向的大目標仍只有一個。行程即使紆迴曲折，永遠在單向的尋找終極，在求真、求善、求美上略有輕重軒輊而並不分岐。

本書就是陸海空行進的實際操演時的紀錄片段。孔子曾說：「我欲載之空言，不如見之於行事之深切著明。」（《史記》自序引董仲舒所述孔子之言）我寫本書，以三十餘篇散文形貌的學術隨筆，代替機械無趣而又高蹈抽象的治學方法，藉學術上已發生的真事做題目，比空說道理搭成間架要有味一些，此種創新的做法，其實和孔子所說「見之行事」比「載之空言」更深切著明是一致的。

我寫本書的動機，除了想與《好句在天涯》配對成雙之外，還有二點：

其一是憂心現今蹈空責效的淺碟學風。現今電腦成為治學新工具以後，方便不少，但缺點也漸漸浮現，許多拼貼資料而成的論文，取代了一筆一畫字斟句酌的細工著述，治學的人取巧走捷徑，不從文本下真工夫，紮穩基業。只想躐等虛張，冀求不虞之譽。常常僅求到部分的證據，管不了全體的是非。見解來得快，結論下得早，取同舍異，強材就己，但求立時的成功，管不了日後難以收拾的百孔千瘡。我擔心這批新派學者，看書都是信手亂翻幾頁，養成粗浮瀏覽的習慣以後，都不能再心靜思密地去讀完一部經典巨著了。所以本書要開出務本務實的藥方：必須不畏難、具耐力，才有探驪得珠的可能。必須凝精結神，才有登峰造極的機會。一味急躁責求速效，浮光掠影地讀書，極難有「特識」與「發明」，所能得到的僅是海市蜃樓般一時虛幻的成功。

其二是回應友朋讀者的熱情鼓勵。二〇一〇年南華大學召開「黃永武先生學術研討會」，許多論文都是將我的各類著作一一細讀詳評，令我受益不少，需要致謝。二〇一二年《中國詩學》、《愛廬小品》在大陸發行簡體字本，藉著電腦傳訊，得睹重洋萬里之外，反應熱烈，大陸上有人見《中國詩學》中所展示的中華文化之美，如見久別重逢的慈祥父母，歡懷起舞，竟至落淚。有人將《中國詩學》歷經開闢懸崖絕壁通往詩國去探幽訪勝，比作將鐵路修入青藏高原的工程一般令他讚歎，這種過獎，也說明其讀書時確有滿心的狂喜。正因讀者讚歎這些學術工程，我就有義務將工程如何研究如何設計的施工方法公開出來，讓人人都有參與建設文化世代的本領。自然，由於《中國詩學》對大陸學者來說是「新讀物」，其中在臺灣三十年前早已塵埃落定的舊問題，重被挑起質疑處，質疑每由新角度介入，因此有必要重新釐清一番。

前年我取《好句在天涯》為書名，是用了清人汪楫早年所寫《悔齋集》中的〈聞吳野人就館角斜〉詩：「飄零君莫恨，好句在天涯。」勉勵他的素心好友，雖身處僻壤，莫減意氣，探懷入夢的反都是燦燦的傑句。康熙二十一年（一六八二）汪楫被賜一品服，出使琉球國，在琉球寫下〈中山七夕〉詩：「他鄉七夕今年好，放眼能窮萬里天」，在海外中山國，實現了他「好句在天涯」的青春夢。他灑灑落落、可進可退的神氣，感動了三百多年後的我，就取來作為我的書名。

今年我又取《我心萬古心》為書名，是用了晚明鄒元標在《鄒南臯集選》中的〈與汝光太史〉詩：「勺水即深泉，我心萬古心。」這詩是頗為罕見的用先韻侵韻通押而成的五言古詩。吳汝光太史退休將老去空山，鄒元標寫了十首詩送行，足見倆人金石交情，這是第九首。他倆身處的時局是「江河方滔滔，世故日已非」，兩位同心的老人，眼看煙雲多變，國事日非，唯一能挺然不拔的志氣，就只剩維護中華文化這一心願了。

我從決心讀中文系開始，就和萬古的中華文化結了終身的緣，豈止結緣？內心明白是要扛責了。中國文學探究得愈深，扛責也自然愈重。記得我在民國七十六年（一九八七）為幼獅少年叢書《中國文學古典世界》寫過一篇總序文，題為〈不廢江河萬古流〉，推衍一位東方偉人的話：「生命的意義，在創造宇宙繼起的生命」，那麼就文學而言，「文學生命的意義，在創造文學繼起的生命。」該文結尾處我寫道：

「中國文學像一條長江大河，滔滔而來，滾滾而去，而每一位國民都從這滾滾滔滔中享用著一瓢文學的醴泉活水，美化各人的靈性與慧思。而每一位繼起的文學工作者，就像一顆顆水珠，不斷投入這滾滾滔滔之中，個人的生命有限，而文學的長河，益發充實其內涵、光大其聲勢，並不斷更新其青春的面貌與活力，這就是創造文學繼起的生命，也就是工作者「文學生命」的意義了。我們讀著前人已經締造的偉大篇章，總希望這薪火，這源流，日益壯盛，萬古無垠。那麼就讓我們不嫌棄那一泉一溪之小，把整個生命投入巨流洪濤汪洋萬里中去，創造文學繼起的生命吧！」

總歸一句：中國文學是萬古長流的不廢江河，我們是一泉一溪乃至涓涓滴滴的小水珠，一朝投入進去，不必自嫌太小，同樣會光大江河的聲勢與活力。

原來這種想法，四百年前的鄒元標已經早有類似的譬喻，他認為「勺水」再小，不斷累積起來，就成為「黿鼉蛟龍生焉」的深泉，勺水與深泉合為一體，就氣蒸波撼都有了它的份，只要深泉萬古尚在，這勺水我心也就萬古長存。此位老人像天留的碩果，面對桑海將變之際，只求在滔滔濁流裡成為中華文化的石措柱，也仍在堅持「真志真學，愈練愈老」、「真正大英雄決不隨人口吻，決不隨人腳跟」，在世風日頹、同心日少之時，這些話有幾人還能聽得進？自然落得「脈脈不能語」的孤獨，猶自獨鳴著「我心萬古心」的高調。如此苦心孤詣深深感動了四百多年後的我，所以取來作為我新書的書名了。

黃永武

寫於中華民國一百零三年五月

我心萬古心

我怎樣做學問

目次

1 首先要選對與自己性向相近的學門

我們常將「學業」兩字聯著一起講，古人分析「學業」兩字，分開來說，所謂「業貴當行，學期自得」，這兩句話精闢極了，已道盡做學問的方法與目標。

業包括入學前的個人性向，入學後的專業科目，出校門後的職業工作。從準備受業、專心修業、學成畢業、再準備各行就業，努力當行的事業，便是人一生工作的行業項目。凡業都要「當行」，當行才能出色。

做學問要決定專力於哪一門、哪一業？最好要與自己性向特長相近。相近就事半功倍，感覺前路開闊；不相近就事倍功半，甚至終身無成。

尤其文史門類，乃屬「成龍的飛上天，成蛇的草裡鑽」的地方，成龍成蛇，相去懸殊，上天龍少，入地蛇多，入門之前，最當審擇。

若與自己性向相近，適性才能怡情，自然而然勤苦向前，展其所好，發揮出粹英秀傑之氣。若與自己性向不近，只抱著好混的容易心，面子充數的勉強心，年輕且走且看的緩慢心，聽說勞苦就想躲的畏避心，悠悠忽忽，即使大學部研究所都畢了業，依然興致索然，心志俱懈，嘻哈打混，空空洞洞，業不精而學無成，一輩子因循自誤地過「草裡鑽」的生涯啦！

所以古諺說：「男怕入錯行，女怕嫁錯郎。」今日則女亦怕入錯行，男亦怕娶錯妻。男女同樣面臨選對選不對哪一門、哪一業的問題。

自己有什麼性向上的擅長處，大多數青少年自己未必清楚的，尤其每個人的潛能尚未開發，像璞玉藏在頑石中，誰能來指點「和氏璧」的所在呢？現代的心理學家有性向測驗，當然可以試試。此外，若留心歸納自己的經驗，近不近於研究文史，譬如：有沒有將一部長篇巨冊，小說也好，文集史冊也好，從頭到尾讀完過？是不是每逢分析人事，喜歡有本有末探索，回憶瑣事起來細膩得很，意趣津津不倦呢？會不會見到灼爍雄豪或深情遠韻的文句，便生爽豁駿快之心，過目後仍能複誦一二呢？也或者老愛主動關心別人的大小情事，對物品、機械、數字興味不高呢……我想，這其中也許有些差別的端倪吧？

下面舉〈一見佳句長記不忘〉一篇：

一見佳句長記不忘

我在初三以前，想學這，想學那，改變了不少次。現在回想起來，我會選上最愛詩，或許與我從小喜愛「佳句」有關。在我幼年時，父親教二哥永文練書法，寫對聯，做了些童言童語的春聯，要小學三年級的永文寫，如「小鳥多朋友，公雞好唱歌」，我至今記得。後來又做文縐縐的春聯要四年級永文寫，如「春風萬里無遺草，絕壑千尋也著花」，我仍清晰如昨，而寫春聯的當事人反而不復記憶，反問我說：「有這事嗎？」

十四歲逃難到香港，在香港馬路旁張貼的《工商日報》上讀到不少當時詩人的佳句，如「異國管弦難入調，同根其豆忍相殘」，覺得這詩寫華洋雜處的環境，及國破家亡的感觸，深刻契合多少難民的心，只站在路邊看看，一看就終生難忘。

來到臺灣，時在一九五一年，到舊曆年時，家家張貼春聯，當時的院長如于右任、賈景德等都書寫春聯影印分贈民戶，我家分到賈院長寫的「春到神州龍起陸，天開麗鳥鳳來儀」，隔年壬辰是龍年，覺得「鳳來儀」充滿著希望的喜氣，而「龍起陸」三字正是當年臺灣軍民一致的心願，日日盼望的就是「龍起陸」、「龍起陸」呀！也是一看就常記兩句在心。我的二位哥哥和我性向皆不近，對什麼聯語過眼就忘，聽我幾年後還能誦出，覺得不可思議，認為記這些做什麼？而我卻覺得如此神采燦發、託意深刻的句子，乃是荒漠人生裡的甘泉，幽幽流出，潤心靈之渴，成為最大的撫慰與享樂，自然常在心底引起共鳴而予以激賞。

這是我還沒決定進入文史研究之門，早有的性向。思前想後，後來我會寫《字句鍛鍊法》、《詩林散步》、《中國詩學》、《詩與情》、《愛廬談諺詩》等，幾乎都與結集佳句這個性向有關聯。

一見佳句，長記難忘，似乎成了終身的習慣，我在做學生時代讀過清人汪梋的詩：「飄零君莫恨，好句在天涯。」一直到七十六歲，還想起來用作書名呢！

還記得剛讀研究所時，常去探望一位大學教過我的曹老師，曹先生寫的《周易新解》（中華文化委員會出版），是一本初學《周易》很好的入門書，薄薄一冊，簡明正確。他寫的詩，時有警句，他人矮小而句則俊拔倜儻，高出凡庸，可惜都被師母燒掉！師母很權威，常稱曹先生的詩是抄襲她的，還興起時跑到課堂來代曹先生上課，曹先生時感掣附而無法招架。後來丟掉了東吳教職，夫妻倆就著迷扶乩，乩壇扶出來的話，常有勸戒師母要對曹先生好一些，這一著有點效。我猜是曹先生的馴妻妙計，丈夫的話不聽，鬼神的話不敢不聽。

有一次我去看曹先生，他展示一首胡適臨壇的詩，曹先生是胡適的安徽同鄉，乩壇留下他的筆跡，並說那「適」字末筆拉得很長，像極胡適的簽名。此首絕句道：

長堤垂柳柳成陰，下有哲人自在吟，
折得一枝入城去，教人知道已春深。

末後兩句白描平淡的手法，卻像一支從煙霞外引春天進城的美麗部隊，十分清婉雅致，不費力地掃蕩殘冬，煥然讓全城面目全新。不過，這兩句詩在我記憶中早就有的，好像是在臺灣哪家出版社仿古線裝的宋元詩集中讀過，印象很深，所以當曹先生向我稱述這扶乩詩時，我就自然反應說：「這是胡適書寫別人的詩句吧？原作者不是胡適！」曹先生不說話了，就談別的。

一九八七年我去香港，才有機會帶回錢謙益的《列朝詩集小傳》，上海古籍出版社印的。那時大陸書不便攜入臺灣，是禁書，帶回來之前先將書脊上「上海」兩字刮掉，出版頁也撕去，免得在海關惹麻煩。一帶回家，就特別珍惜地細細閱讀，讀到最後一頁，赫然有日本貢使一條，寫日本使入貢，駐泊杭城外湧金門，有〈詠柳〉詩云：

湧金門外柳如金，三日不來成綠陰，
折取一枝城裡去，教人知道是春深！

曹先生著迷扶乩是在民國五十幾年，臺灣無緣讀過錢書，而我當時早對此號稱胡適寫的乩壇詩有印象，當然也不是從錢書中讀過的。這事我在增補《中國詩學：考據篇》中提及，彼時急於增補，無暇為此翻盡宋元詩冊去找出典，現在偶然又瞥見元代貢性之的〈湧金門見柳〉詩，全首與錢書只有一字不同，「柳如金」原作為「柳垂金」，可見淵博如錢謙益，他以為是明代日本貢使所作的詩，乃是使者襲取元詩來唬人的，錢書也受騙了。亦可能貢姓太少見，「貢性之」被誤傳成「貢使」，再加「日本」兩字，若如此，亦成學術上的笑話！猜想學力深厚的曹先生也讀過元代這詩，割取兩句重組，假託為扶乩詩吧！

這種對佳句牢記不忘，也成了好管閒事的結習，有一年臺灣民選總統，候選人林洋港在競選時，到處演講就愛舉明代于謙的〈石灰詩〉來誓言明志，詩是「千錘萬鑿出深山，烈火焚燒若等閒，碎骨粉身渾不怕，要留清白在人間。」因為于謙是含冤而死的忠臣，他是錢塘人，出生西湖附近，死那年西湖正好乾涸，民間痛惜地認為乃是這位「救時宰相」要「哲人其萎」的兆頭。林洋港引這首詩表達不惜犧牲奉獻，清清白白，頗能鼓動民氣，電視及報紙都以醒目的字樣刊載全詩。

我因為在中央圖書館善本室裡，翻讀過明代方孝孺的《遜志齋集》，清楚記得這是方孝孺的詩。也在《武林往哲遺書》中讀過于謙的《于肅愍公集》，並沒有這首。回家一查筆記，果然是方詩，原文是：

千槌萬鑿出深山，烈焰場中走一番，
粉骨碎身渾不顧，只留清白在人間。

文字略有潤澤的出入，是同一首詩無疑。林洋港先生誤將這詩作者搞錯了。後來有些學者隨手引入文章，我見選舉熱鬧早已落幕，談談學問何妨，做學問常會遇到此類問題，要決定其是非，必先查本集，才不至於人云亦云，隨人口吻，這是校勘詩的基本常識，所以寫了〈隱沒的作者〉一文（二〇〇三年八月二十七日《中央日報》副刊）糾出錯誤，但十年後見大陸演《甄嬛傳》，其劇中人物也引這首詩，仍照林洋港所說，說是于謙寫的，可見謬種一經傳播，要糾正已不容易了。

一生有此性向，是否就適合研究文史呢？還不敢武斷。後來讀杜甫詩：「為人性癖躭佳句」，又讀白居易詩：「我癖在章句」，原來詩人都有此性向，他們的嗜癖是努力創造佳句，我則欣賞佳句常誦在心，有此性向，最適合入文史之門呢！

2

想做文史方面的學問先要練好文筆

好文筆是進入文史研究之門的重要條件，研究文史的人沒有好文筆，就像當兵的人不會開槍打仗，軍人若不會開槍打仗，混在部隊裡寫寫文書，傳送命令，什麼時候能成為將軍？拿破侖說：「不想當將軍的士兵，不會是好士兵。」研究文史也一樣，如果不想當好文筆的文史家，就不會是傑出的文史研究者。

好文筆乃由天賦加上磨鍊而成，即使有再優厚的天賦，也一樣要仰仗後天的磨鍊。越寫才越會寫，越寫必然越喜歡讀書觀察，越喜歡讀書觀察，見聞就廣，感受就敏，疑問就多，思考就深，就能越寫越精采。

好文筆是一種發表力，這能力是由綜合感受力、理解力、批評力，並糅合自身對文字的駕馭力而形成的。

感受力靠博學，博學由書本內、書本外的敏銳觀察而來。試著拭亮眼睛發現問題，多聞多見才能比較，見聞寡陋的人根本連疑問也提不出，何來見解？所以感受力會養成你「眼之明」。

理解力靠審思，審思可以由膚淺入深奧、化繁雜為簡單、攻克艱深成為容易。明白問題不只是亂猜，是不是假問題？是不是可以成立為問題？凡問題疑難總有答案，求答案必有方法、有條例，若有矛盾就不能成立。所以理解力會養成你「心之慧」。

批評力靠明辨，明辨源於眼明心慧後產生的探索力。它依付基本概念的明確，多方推論以求證，逐一選擇以淘汰，完全切合才斷案。去蕪存菁，後出轉精，見識愈高的人愈周密，所以批評力會養成你「識之通」。

發表力靠篤行，篤行在從事文史工作的人來說就是創造發表，綜合上述三種能力，具備了厚實的學問基礎，運用那巧妙的文筆功力，熟練地使用文史工具，有其自得，有其發明，辭達理舉之中常饒生新義，下筆前見得親切，下筆時用得透脫，這是文史事業中理想的實踐行為，天才絕特者也都能盡情在此中表現。所以發表力會養成你「筆之洽」。

好文筆的養成，都要從多讀書多觀察入手，依我的經驗，一面讀書，一面寫作，吸收最快，效用最著。李聯琇有〈讀書不作文〉詩：

如井久不淘，新泉生轉絕。

只讀不去寫就會壅塞，像水井長久不淘，新泉就涸絕流不出來了。又有〈為文不讀書〉詩：

百脈無血滋，何由澤膚髮。

只寫不去讀就沒補給，像新血不運營養，髮膚就憔悴沒光澤了。所以寫作要多讀書，本源才不致枯竭；讀書要多寫作，心得才可以暢達。

我在進入大學決定走文史這條路之前，在中學時背誦〈離騷〉與《唐詩三百首》，喜讀《楚辭集註》、《駢體文鈔》，影響了辭華的美麗；又喜讀《莎翁全集》《愛默生文集》，影響了文筆的流暢，一面讀一面開始投稿寫作，每次參加全市全省的論文比賽，屢屢奪冠。在中學時期如何勤鍊文筆，在《愛廬談心事》《好句在天涯》兩書（皆三民版）中已敘述過了，不想重複，有興趣可取來參考。

下面附〈多寫論說文〉一篇，略談我常用的兩種論說手法：

多寫論說文

論說文對文史研究者而言，比記敘文、抒情文更重要，論說文要合邏輯、多例證，頭頭是道，用字精簡有力，言中有物，能破能立，是一種辯才的馳騁，要經得起分析、驗證與反駁，對發表力而言，是文史界攻伐擂臺上的主角。

論說文的寫作門道眾多，不是一篇小文能該括，只說說我常用的手法有兩種，一是藉小見宏大，二是聯散成一貫。

我寫〈一叢芒草〉，主題是很小的景物，在亞洲的庭宇間若出現了芒草，大概是破壁荒池的廢宅，但在北美洲私家縟麗的花徑間，常刻意種一叢芒草，西方人對秋芒高揚很喜愛，衝擊著我刻板的印象。

於是我從明人品花傳統寫起：梅蘭封為一品，桂菊封為二品，別說只封九品了，恐怕封一百品，也輪不到芒花吧？芒葉如刃，清除不易，它根本像很可怕的小人。但換了一個歐美的時空與價值觀，品位可能顛倒啦。

我開始懷疑自己對花木的品味，是否被無形的環境教育鎖僵了？於是試著以畫家的眼光去看，芒花原來極為入畫，它在蕭遠孤高中表現出危聳英挺，飽含著筆情墨趣。

再衍伸開去，以造物者平等的眼光去看，便明白造化並不會將秀麗集中於梅蘭桂菊，這些名花，有我的「人」的意見太多，而野生的芒草，無我的「天」的意思才豁露。它不假顏色而自具神采，出自草莽而多精神，平淡之中有無窮的天真妙趣。

如此一段深一段地借物發意，由小物演繹成大義，明白一粒芥子中，原來可以藏下須彌高山，就是「藉小見宏大」追求的勝境。

另一篇，我寫〈無用與有用〉，萬物的價值各有現實的考量，但各物是散漫的，有一天，我忽然領悟：無用的東西，常常高貴於有用的東西。

大家欣賞梅花蘭花或牡丹薔薇，這些花卉都是遠離人間的實用性才顯得雍容高貴，生活實用的梅乾梅醬，便少人欣賞。大家喜歡名字裡嵌鑲個龍字鳳字，龍鳳在現實中已不存在，根本無實用價值，卻引以為傲，誰願意嵌鑲個天天生活有用的豬字雞字呢？

又如萱草吧，想像它是懷念母親的花，最美最美。想像成似真似假的忘憂草，也還美。想像為懷妊得子的宜男草，帶點功利有用的目的，美已經減色。若落實為素菜宴席中的金針菜，越趨向實用，事物的高貴美就越不存在了。

如此將散漫無關的種種，排比歸納，探索出條理一貫，聚焦成為一義。明白紛繁雜取之時，都注意「至當歸一」的嚴謹寫法，就是「聯散成一貫」追求的勝境。

（〈一叢芒草〉見《黃永武隨筆》上冊，〈無用與有用〉見《生活美學：理趣篇》）

3 要以「貞定」兩字常駐在心

做學問想要邁向成功之路，就靠「心銳志堅」四字，心銳由天賦及教養而來，愈練愈光亮靈敏，其中包含四種能力：感受力的誘發，理解力的養成，批評力的琢磨，發表力的增強。也可說因四種能力的進步造成了「心銳」。前節談好文筆時，眼明、心慧、識通、筆洽，已將四種能力分析過了。

至於「志堅」，是由一個人的神與氣而來，神不亂氣不餒，便能維持四種能力於不墜：枯燥久坐的耐力，不另耗散精神；長期不移的定力，不常轉換目標；鍥而不捨的努力，不因困阻停滯；百難圖成的毅力，最後要有成果。如此即精力不妄用，目標不分心，瓶頸能突破，攻頂求成果。以貞定不計遲速，以恆心貫徹始終，就形成了「志堅」。心銳志堅，做文史學問就容易成功。

我將做文史學問如何邁向成功，簡明表解如下：

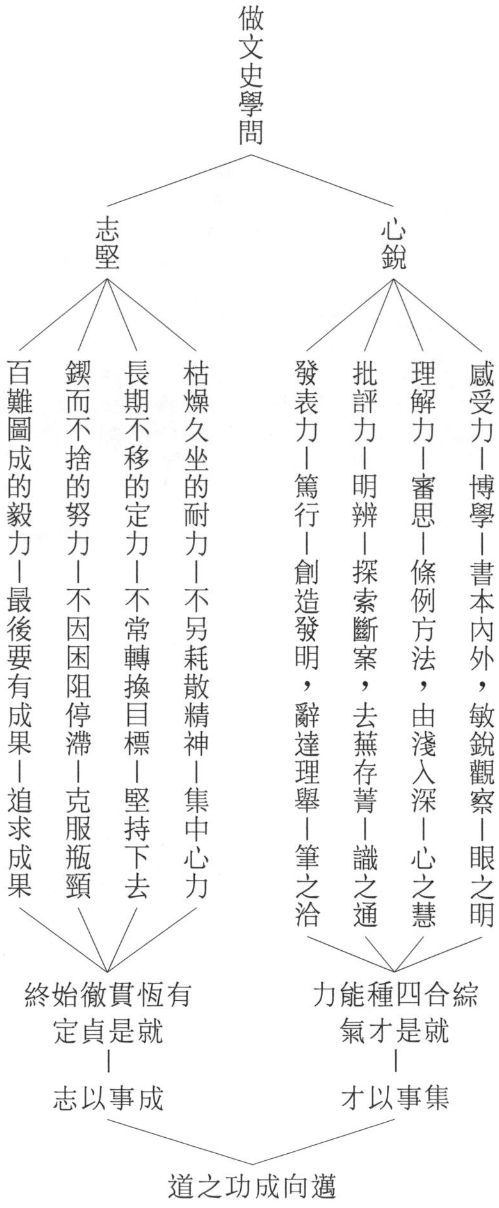

簡單地說：志堅是由神氣貞定而來，貞定兩字是志堅的根本。能不隨俗風靡浮沉，能自立而挺然不拔，能善加利用光陰，能不浪擲體力，「一心一德，貫徹始終」，必然走上成功之路。須知心銳者，眼界大開；志堅者，骨力無量。一切才情，是心的靈髓；一切成果，是志的聲績！清人成蓉鏡說：「志生於識，有定識，則不患無志；氣生於力，有定力，則不患無氣。」他也在分析志氣問題，說法有部分與我相呼應，氣能生力，力能生氣，互為循環後援，在特別重視「定」字上，做學問要先收靜定之功是一致的。

據上分析，因而我主張要以「貞定」兩字常駐在心，在文史研究的長跑中最後的獲勝者，大抵是學力充厚、舉步穩健、反應敏銳、又長期集中心力不知疲憊、不知老之將至的人。當然，強健體魄的維護，也是另一決定性的關鍵。

在「心銳」一節，最後強調要能發表，在「志堅」一節，最後強調要有成果。乃是因為不少知識人、讀書人，都在買書查電腦，耗了一生力氣在搜集，最終只在書上劃了許多紅槓，抄寫卡片無數，電腦存檔厚積，卻不產生任何結果出來，不產生任何結果的博學是沒意義的，這是因為心不夠銳，志不夠堅，以致力不久盛，書不善用，目標不明，自得不足，一生左旋右繞，都缺臨門一腳，可惜！

我雖將邁向成功之道畫成簡表，也請不要把成功看得簡單，在簡表之外，時空環境的變遷，人事因緣的際會，健康良窳的適合，材料空間的湊手……中間都有個性與命運的調配，說困難不困難，說容易也不容易！下面附〈成功的定義是什麼〉一文：

成功的定義是什麼

到了西方資本主義社會中久住，才漸漸體悟在如此制度的薰陶下，個人的所謂「成功」，就是三個字：「賺大錢」，別無其他。

無可否認，有大錢當然是一種成功，有錢可以完成許多夢想，去做許多有意義的事，不只是個人的享樂而已。然而處此資本主義的操控之下，金錢日益集中、貧富差距日益增大，據說全球百分之一的有錢人，佔走了世界資產的百分之八十六，剩下百分之十四，給幾十億人去分。在此制度下，只有賺了大錢的才是主子，其他都是被雇用的層層級級的大小工蟻。此種「成功」的模式，已強而有力地擴大到全球，主宰了世界。因而還在以「貞定」黽勉諸君，要抱著堅定的信心，百折不撓地志於學，似乎已成了這大潮流中罕見的傻傻的砥柱。

吾人所以仍主張「貞定」於研究創造，逆潮流而互勉，是基於別一種信念。這種信念，法人羅曼・羅蘭點出來過：「人生所有的歡樂是創造的歡樂。」英人阿諾德也曾發現：「人在創造中找到他的真正幸福。」據此我們仍可以從人的天性角度，舉出四個理由，相信人生的成功並不完全靠金錢的攫取。

一、金錢可以是幸福、可以是快樂，但金錢並不等於幸福、等於快樂。人的天性中真正美好的快樂是發明創造。剛被研究創造出來的嶄新天地，是無可倫比令人目炫神迷的。而未知世界又無窮無盡，可容納千千萬萬的才智之士去探索，獲取成績。

二、金錢再多不能消滅死亡，但創作研究成功，可以消滅死亡，所謂「爭寸心於千古」，有機會不朽於世。

三、依仗金錢雖可稱霸一時，但沒幾年可能被別人替代；若是創作研究成功，於學術史、文學史裡都會被公認，別人永遠不能擠掉你。人的天性都想在世上留下「曾來過一遊」的痕跡，單憑金錢不一定能長期留痕。

四、在金銀堆裡，許多人為藏存金銀而緊張焦慮，未必能安身立命。但每一行業中，如果有了「我」的參與，這一行業就有所改觀創進、繼起刷新，這一行業少「我」不得，「我」有被必需的感覺，這其間自我充分可發揮，自我長期受肯定，享受此項價值與幸福，就足以安身立命。

因此如果要問「成功」的定義是什麼？「稱俊獲勝」的獎品是什麼？依人的天性來看，成功的定義當以個人的潛能與特長得以十足發揮為衡量標準，若能成為各該領域拔尖的貢獻者就是巨大的成功。「稱俊獲勝」的獎品乃是獲得私心滿足的「完美人生」。因為稱得上「完美人生」者，就是能將自己特殊的天賦才智發揮盡致。一旦發揮盡致，根本連生命都不在乎，所以有「朝聞道，夕死可矣」的說法，人不畏懼死，只畏懼死前沒能登上生命的完美之境。這想法和現今世俗看成功獲勝僅在地位金錢的累高積厚是不一樣的。

去看看世上臨終的人，屆時人的天性畢露，統計臨終者遺言裡最感遺憾的事，第一條竟是「沒有做自己想做的事」，第二條也是「沒有實現夢想」，都以未能發揮個人長才來自我逐夢為憾，沒有人以地位不夠高、金錢不夠多為憾的。

4 想臨「絕頂」，必仗勤苦之工

做學問就像爬山，必下最笨的勤苦之工，從最基礎處一步一步、腳跟厚實地走上去，才有親臨「絕頂」的可能。當杜甫寫下「何當臨絕頂，一覽眾山小」時，正是下苦功於學問與詩篇的青年時代，吐句如此，一望其神氣，灑灑落落，迥出凡塵，就屬最上一乘的人物。目標既定，精進不已，結果「讀書破萬卷，下筆如有神」，老年果真登上了「絕頂」。

許多人以為李白是天生俊物，不假琢煉，出口自成金玉，其實李白自述幼時幾乎寢饋俱在書堆之中，閱讀模擬，堅苦刻厲，一一均從根本上下足工夫。

更多人以為蘇東坡文章如行雲流水，完全是天機透露，不容人力，錯啦，且看他貶謫到海上時，仍寫信給朋友說：「到此抄得《漢書》一部，若再抄得《唐書》，便是貧兒暴富也！」非但一字一字細細誦讀，還要一撇一捺端正抄寫。將整部《漢書》、《唐書》咀嚼消化，才知道文章想要逸致橫生，隨手就來，若不先練好基本苦功，全屬空談。

《抱朴子》裡說：「學而牛毛，成者麟角」（即「學者如牛毛，成者如麟角」），學人多得像牛毛，真有成就的只如鳳毛麟角。為什麼？不是腳跟浮，就是眼孔小。要爬山臨絕頂，就要靠腳跟實、眼孔大！避開苦功，難赴頂尖。下面舉〈段玉裁的「闕疑」〉一文為例：

段玉裁的「闕疑」

記得在我讀完大三的暑假，上完林尹老師的訓詁學課，對於「音同義近」的道理很感興趣，就約了學長學弟五六位去拜望林老師。

林老師看我們個個像是真心向學的有志者，就問我們繫聯過《廣韻》的反切上字沒有？大家都說「有」，這是每個中文系學生必有的經驗。繫聯過一遍，對每個反切上字屬於何聲紐？是「影喻為曉匣」中的哪個紐？是喉音還是牙音？大抵上一見反切上字就能熟練地分辨。

於是林老師要我們五六個年輕學子，再下工夫分析《廣韻》反切的下字。基於繫聯反切上字很容易，大家都點頭表示會認真去做。

這個練習是要先將宋代的《廣韻》所收二萬六千多個字，哪些是原始的字根？哪些是聲符？這些聲符在《說文解字》段玉裁注的古韻第幾部？同一韻中有哪些聲符？用以看出聲符字根衍生分枝的情形。作業耗去了我整個暑假，案頭的《說文解字》快要翻破，眼睛也因之近視，把厚厚的一大疊鑽孔串起來，完成了作業、舒了一大口氣。

就想和五、六位學長學弟聯絡，看看大家的進度如何？有人回說困難重重，有人回說忙碌無奈，各有不得已的藉口，作業都沒動手。只有一位學長聽說我已完成作業，就找上門來，想借我的作業核對一下，有沒有異同？我把他看做同道同志，欣然借去核對吧，一借兩個星期，還不想歸回，左拖右拖，我耐不住了，就去他家索討，一看他動員了家中的兄弟，以及兄弟的同學四五個，將我的作業拆成許多份，桌上、床上、箱上都埋頭在謄抄，正好快抄完。那時影印機還沒發明，必須用手寫，真是辛苦得很。我不知道他要拿去作應付老師用的？還是自存一本作「秘笈」炫耀用的，總之，這位學長多少還在想做學問，花功夫請人代抄，表示心還在留戀此道，想不知哪天仍會用得著呢！不像其他幾位，早就自我成絕緣體，連想也不敢想了。

我索回零零落落的作業，拿回家重新串訂，心裡就在想：世上聰明的人太多，還沒入門，便花樣很多想抄捷徑，就算抄到了一份「秘笈」，管什麼用呢？

做學問就如爬山，省卻最基本的走路爬梯階就不叫爬山了。爬山者瀏覽沿途景物、呼吸新鮮氧氣芬多精、舒活健壯膝蓋腸胃，所有的收穫全靠爬山過程中一步一步的活動。這作業完全是治學的基本面上築底的工作，若不親自做，抄別人的拿去哄老師，這關老師什麼事呀？等於借一張朋友爬山的照片來哄人，說自己爬過某山，關人家什麼事呀？

作業做不做，別人全看不見，別人也無須看見，你裝模作樣也好，你投機取巧也好，以為騙了別人，不過是騙了自己。騙別人時因為心虛，還會裝出笑臉，低聲說話。騙自己時，明知是假，難以理勝，就會採用更大聲的方式自欺欺人。自己一無所得，還以為抄到了一本「秘笈」，自喜炫耀，古人把這類人叫做「搬薑鼠」，自己既嚼不出味道，還要裝出威風，只搬弄一番當作自豪而唬人。搬薑鼠式的炫弄，能有什麼益處呢？

爬山必須親自走一趟，才明白沿路有多少處驚險曲折、多少處幽麗絕佳、多少處與他山不同、多少處土產特別值得再嘗。親自爬過此山的人，可以記憶這些、運用這些。「秘笈」也一樣，所謂「秘笈」都是創始之人親身劍及履及、從真刀真槍裡練出來的經驗，他自己最能靈活運用，別人拿到「秘笈」，可能一點用場也派不上。

就像明代的歸有光，精讀《史記》，反覆誦讀時，將各種精闢雋句、神妙段落、開闔關鍵，用不同顏色的筆狂圈猛點，劃長線、加框框，表示其讚歎、可賞、警策、神來處，我相信這本五色《史記》，對他自己的創作發生奇妙的影響，別人看看滿頁斑斕，能有幾人細辨顏色不同的畫筆就文章大進了呢？

又像清末的詞曲家吳梅，歸納了全部詞曲中的「襯字」、「虛字」、「用字」等，歸納後自藏為秘笈，填詞作曲時，反覆檢審，歸於停當，妙用無窮。別人抄了他的歸納結果，僅僅是一大堆斷斷爛爛的詞彙殘句，根本沾不上手，哪能受用？所以抄得「秘笈」是沒有用的，受用的關鍵在於整個歸納過程中參與咀嚼思索，經親身深入每一角落，方能熟習而生巧，若缺少了這過程，只是乾癟枯槁一無生命的廢紙。

我分析完了每個《廣韻》的字及反切下字以後，大致明白各聲符如何在平上去入中分割？如何在陰聲陽聲中轉軸？如何在古今沿革中變化？林老師一再說：許多中國的語言學家、聲韻學家，都以這個作業作為進一步前進的基地。

我並沒有由此繼續研究下去，舌頭不靈，亦無意去做什麼語言學家。倒是在分析字根聲符時，常檢索段玉裁《說文解字》注中的〈六書音韻表〉，對每個字根在古韻第幾部？在《說文解字》第幾頁？前面解字時說幾部與音韻表列在幾部不同者有哪些？如叉聲說在十六部，表列在一部；矢聲在十一部，表列在一部；麗聲在十五部，表列在十六部；戒聲在十五部，表列在一部等等，都很熟悉。並意外發現〈六書音韻表〉並不完整，漏脫了許多字根。當然不是無心的漏脫，而是段玉裁有意省掉。

這些被省掉的，可能表示他一生都還在存疑：有些字根究竟是形聲或是會意字，還爭論不定。有些字根被漢代後的音韻所訛誤，有些字根多音或是讀音無法確定，他改來改去，到老仍在某部某部之間徘徊，姑且將它們闕疑省掉。

這「闕疑」表示在古音韻通轉上，這些字根作聲符時或有例外存在，或這字根本身的語音演化關節上出了什麼問題，「闕疑」處正是重要的線索。後來我寫碩士論文《形聲多兼會意考》，乃至近年寫《黃永武解周易》，在談古文字通假，或談古韻部通轉分合上，這次分析都派上了用場。

段玉裁究竟「闕疑」了哪些字根？還不曾有一本書談及，是我仔細分析《廣韻》並前後對照《說文解字注》，才整理發現的，算是私家的收穫，當時只在初學，錯繆難免，也自以為是「秘笈」了。

下面將此秘笈公開：

第一部

灰聲　飲聲　等聲　敇聲　陟聲　肎（肯）聲　毒聲

凷聲　態聲（能亦聲？）

第二部

雀聲　爵聲　屵聲　卤聲　県聲　釗聲　料聲　𡍮聲

幺聲　杲聲　窅聲　褭聲　皛聲　尿聲　鼂聲

朝聲（舟聲）　羔聲　敫聲　屝聲　表聲（衷聲、毛亦聲？）

笑聲　翟聲　毳聲　弢聲　臭聲　皀聲

第三部

裦聲　差聲　牟聲　馗聲　繆聲　驫聲　殷聲　早聲　埽聲

㺒聲　討聲　顥聲　麀聲　㞢聲　勹聲　卤聲　皋聲　卄聲

龜聲　𢐀聲　就聲　幼聲　亍聲　馬聲　匀聲　爽聲

第四部

㼌聲　兜聲　鬥聲

第五部

庫聲 索聲 茻聲 矍聲 畀聲 虎聲 社聲 互聲（笪聲）

冈聲 步聲 虞聲 如聲 初聲 丮聲 虢聲 唬聲

第六部

凭聲

第七部

躐聲 夾聲 𠂤聲 森聲 闖聲 欻聲 嵒聲 図聲 銜聲

第八部

染聲 劫聲 冄聲 疊聲 聑聲 芰聲 凵聲

第九部

舂聲 宂聲 軵聲

第十部

茻聲（五部沒有，十部也沒有） 朢聲 竟聲 匠聲 丈聲 亮聲

第十一部

奠聲 甹聲 耕聲 賏聲 便聲 瞑聲

第十二部

㕚聲 疢聲 悉聲 緊聲 甡聲 芇聲 𦤎聲 玆聲 朁聲
𦘒聲 晉聲 前聲 歬聲 囟聲 臸聲（至亦聲？） 宀聲（同宓？）
雋聲 轟聲

第十四部

尟聲 夐聲 旋聲 穿聲 縣聲 㢟聲 鱻聲（同鮮） 仙聲
衛聲 衍聲 㒼聲 幻聲 孨聲 虤聲 羼聲 宦聲 奻聲
閔聲 甹聲 款聲 盥聲 侃聲 善聲 顛聲 萬聲 聯聲
全聲（仝聲） 看聲 貴聲 嬔聲 孱聲 栞聲 冤聲 㗊聲

第十五部

罰聲 聅聲 屮聲 啐聲 厥聲 剮聲（別聲） 夏聲 贅聲
劊聲 堊聲 劣聲 孑聲 孓聲 設聲 計聲 圣聲 奰聲
筆聲 朏聲 叡聲 竄聲 粵聲 屈聲 贅聲 害聲
衞聲 閉聲 𣓌聲 閷聲 肙聲 賁聲 𡳾聲 𢇍聲
眉聲 豑聲 皆聲 蔑聲 启聲 𥄎聲 㒸聲 彝聲
䜌聲 劦聲 夒聲 彪聲

第十六部

𠦒聲（乖聲） 𣏟聲 疒聲 覞聲 磊聲 户聲 卟聲

第十七部

妥聲 科聲 蓏聲 𡛟聲

「秘笈」公開了，以上這些都是段玉裁在各字之下說古韻在幾部，在〈六書音韻表〉中卻漏脫的，可能正是他終其一生仍存有「疑似不定」的顧慮而闕疑省掉。現在三民書局研發新字模，電腦排字，什麼怪字都難不倒了，也正是我展示這遺缺字根的機會，我稱之為「秘笈」，是想讓人明白，「秘笈」也者，親身去發掘出來，給自己用的，對極少數極少數特定的人士也許有用，但對大家來說，不過是廢紙兩張！

古代禪師有詩道：「少年一段風流事，只許佳人獨自知！」世上若真有秘笈，要找到「解人」也不容易，說與旁人是渾然不解的，就像自己少年一段風流韻事，只密藏給極少數極少數的特定佳人獨自深心去明白的。所謂「不須天下識，只許一人知」，乃欲傳絕學者的隱密心曲吧？

5 遊山玩水，風土人情，會心處都是學問

學文史的我，看天地之廣，萬古之久，在在盈滿了文史的趣味。所以遊山玩水，風土人情，觸處皆開悟入之門，如果能凝神聚意，會心處都是學問。長年以來我已養成「隨地陶情，千古遊神」的習慣，一旦觸景感會，自心在舒嘯，山水也增勝，就會狂喜不已。下面附〈烏龜想吃天鵝肉〉、〈散步不是西方文化〉、〈哈佛之風〉、〈「豬威」與「宥坐」〉、〈冒險精神〉五篇為例：

烏龜想吃天鵝肉

近年常來美國波士頓長住，我才明白波士頓近郊都是溼地，林木稠密，毒藤粗壯。這個科技先進、學術昌明的城市，四周還布滿了億萬年來如此原始的蘚苔綠蔭與湖泊呢！

波士頓的牛頓區，有一個不人的漢萌湖，湖側只有少許接近已開發的市場角落，其餘大部分仍保留著洪荒以來人跡罕及所遺留的生態。湖面是一大片擁擠的芙蕖，我來時正開著白色微紅的花朵，

臨風映水，不靠一點人力的扶持而自開自謝，形成億萬年來想必一直如此無人管理的野香世界，這情趣野得可愛。

湖岸接近市場那小角，總有十幾隻加拿大灰色帶黑的天鵝，留戀不去，以此為常住的家，在岸邊踏泥打盹，看來已放棄駕風刷羽的壯心，亦忘了浮蹤天涯的歸夢，總喜歡翼定翎收，安於此小小的「水國」。也難怪，這小小的「水國」中游魚成隊嬉樂，天鵝自然不必勞身南征北討，引頸就可以一切飽足。

我看著湖面，忽然望見湖中有七八根豎起來的細竿，像汽車頭上拉拔伸長的二三尺天線竿似的粗細長短，遠遠近近，豎在芙蕖花葉之間。我從未見過，有點好奇，向當地人詢問，才知曉這些細竿都是湖中烏龜的尾巴。漢萌湖的烏龜品種特殊，年歲極長，但龜殼不特大，只有頭部與嘴甚大，而尾部極長，晒陽光時矗翹於水面之上。

更驚人的是：這些烏龜最愛吃天鵝肉，每年總有幾次當天鵝伸長脖子往水深處探食魚鮮，烏龜們潛伏葉底，伺機咬住咽喉，緊緊不放，直至天鵝死了，全湖的烏龜都嗅到肉香趕來廟會似的大嚼一頓。我曾看過獅群要圍食長頸鹿，用的也是這一招，長頸鹿比屋子還高，也只有在低頭時喉管被咬，只好由牠們分食。造化在食物鏈的設計上原本殘酷如此，不須誰來教會牠們。

思量一下，烏龜想吃天鵝肉，居然真的可以吃到了！那麼癩蛤蟆想吃天鵝肉，為什麼只在比喻不自量力的妄想呢？這個問題太有趣了吧？中國作家哈金，用英文寫小說，將這句流傳數百年的俗諺直譯寫進去，讓西方讀者覺得耳目一新，新鮮有趣，他們大概也沒有幾個知道，在西方是烏龜真的吃到了天鵝肉。

想追查這句癩蛤蟆諺語的出典不容易，古印度佛經裡稱「蝦蟆」的不下百次，「蝦蟆」與「蛤蟆」在古時同音同物，但沒見加「癩」字稱「癩蝦蟆」的。談蝦蟆吃食有關的，如佛勸金翅鳥王，不要貪吃龍妻龍子，以免死後自己被蝦蟆所食。又如佛勸龍王不要欺陵妻子，獨享美食，以免命終後被蝦蟆吞食。這些顯然與此俗諺無關。

中國《史記》裡載神話說月蝕是見食於蝦蟆，這說法佛教密宗也有。《抱朴子》說牠可以活三千歲，頭上長角。所以直到唐代，仍有人說蝦蟆是月中之物，敬為「天使」，視同神物。神話中嫦娥託身於月，化為蟾蜍，也沒有醜陋的貶意。

我推想元代密宗盛行中國後，密宗用咒語治癰腫、洗毒瘡，才將蝦蟆視為毒鬼之一，針對蝦蟆的癩皮藏毒加以咀咒，民間才稱呼為「癩蝦蟆」的嗎？而某位才人以癩蝦蟆代表最卑穢醜陋的生物，與天鵝代表最高潔美麗的生物，形成遙不可及的尖銳對比，創造此風趣的俗諺，風行於世，這俗諺至明代清代常被寫入小說。此諺的起始恐怕已難以尋出，現今流傳的所謂「出典」，全沒註明可考的典籍出處，可能都是俗諺流行以後才杜撰編造的。據我初步的了解，「天鵝」這詞彙最早出現在詩裡，可能是宋代的汪元量，再早都稱為鴻雁駕鵝，而編造出典者往往把年代推得太早了。

當然，這只是我聽說烏龜吃到天鵝肉後，一直在內心打轉的假設推測，假設推測不等於學問，只是太有趣，打轉得沒完。在打轉過程中，意外的收穫是對佛教古德所說兩句有關蝦蟆的詩，在治學方面有所啟示，而能對該詩進一步鑑賞其寓意了。詩是：

幾多鱗甲為龍去，蝦蟆依然鼓眼睛！

我在一九八七年三月為《讀書與賞詩》作自序時，引用了它，並說：「不要做留在原地守著故井而自滿的蝦蟆，只知道鼓起嫉妒別人的紅眼睛，要做潛心自修日有進步的鱗甲，終究有一日會化龍飛去！」

現在進一步明白的是：佛教古德所以選「蝦蟆」為喻，有特別意義的。

第一是蝦蟆只會一跳一跳，不會其他動作，就像治學只有一門，不解他術。修禪的人若只以一知半解為是，不通其他，乃是不活脫、不自由的死禪，佛家稱為「蝦蟆禪」。

第二是湖水滿盈時，見蝦蟆動作如此，待湖水乾涸後，見蝦蟆動作依然如故。學禪若只到初禪境地，就自我安逸停住，不再更求進步，儘管時潮快速推移，情勢滄桑早已大不同，它原地踏步，保持故我，天天不停地重複同樣的習慣動作。這在治學者來說幾十年只抱住一點點初學的東西，幌盪混過一輩子，吃飯睡覺，最後還是一點點，日子過得像個閑散放逸人，蝦蟆一般天天張口等待食物而已。原來佛經裡早就以蝦蟆作為學道者的警惕，所以古德才說：水中有多少鱗甲已經化龍飛去，只有蝦蟆依舊鼓著眼睛，幾十年守在舊穴裡！

從這個不長進的角度看，癩蛤蟆當然比不上龜兔賽跑中的烏龜，烏龜有機會吃天鵝肉，癩蛤蟆想吃，可真是痴心妄想在做夢呀！

散步不是西方文化

這次在美國波士頓長住，我依然維持在加拿大乃至金山愛廬時長期以來的散步習慣。此間郊區園木森森，萬幹聳翠，家家佔地數英畝，比加拿大闊氣多了，晨起清芬滿路，人罕車稀，真是散步的大好環境。

走出住宅區，不是流泉灌木的原始溼地，就是綠霧清蔭的大片公地，少有建築，只須沿著路畔散步，已足夠「生閒情幽鳥之趣，動落花流水之思」，所以當地人很少會走進樹林中去，沿路綠樹就夠多了呀！獨有妻與我，是散步迷，常常撥開橫柯側葉，闖進陌生的蓊蓊鬱鬱樹叢，沒路也踩出路來，常以此為賞心樂事。

我們愛好散步健行，耳際常常縈繞著臺灣口號：「健康無他法，只要一直走！」散步有益身心，可消除各種慢性疾病，好處眾多，大家都耳熟能詳，但為什麼西方人仍然很少願散步的？引起我的疑惑。試看沿途運動者，不是慢跑，就是快走，再不然便是練馬拉松，每種運動必配備各別特定的衣衫鞋帽，他們所謂散步，乃是養狗之家出來蹓狗，陪狗並看顧狗才步行的，幾乎見不到穿著日常衣衫隨興散步、休閒散步，單為了散步而散步的人。

如此美好的環境，竟然沒人外出散步，在我看來真是對美好天物的浪費與奢侈。有一次和兒子一同散步，談起這疑惑與惋惜，兒子天天和西方人共同生活，熟悉他們的觀念，直截地告訴我說：「散步不是西方文化！散步沒有競爭者，要就是快走，跑步，七、八位在一起才能訓練耐力，運動就是要有比較競爭！」

這一語點醒我多年的迷惑，我就追問為什麼造成這樣的差異呢？他又發表看法道：「中國文化起源於農業社會，種植後自耕自足，待天而食，只要靠個人勤儉就自得其樂；西方文化起源於狩獵社會，全以與人競爭為主，跑得慢，力氣小，狩獵不到就沒得吃！」

兒子說得簡單淺白，就讓我想起在臺灣屏東時，凌晨四點，就出現大批人聲嘈雜在路上散步的景象，老人尤多。在臺灣臺中郊外時，一大清早，太平區的山丘間前呼後應，如早鳥晨操。在臺北時，少見的綠地處，天色半晦半明，散步者已絡繹不絕。原來這都是中華文化的一部分，大家都以每天須散步多少分鐘相互勸勉，看來此種不講競爭而自得其樂的文化，深入民心，也自有長處。

當然，我也不會據此就抹倒西方文化，他們主張競爭，要有競爭力，臨到當今的現實世界，缺少競爭力就趕不上人家。試拿古代的四句中國名言來說：「屈己者能處眾，好勝者必遇敵，保生者寡欲，保身者避名」（宋林逋語），幾乎成了傳統修身養性的格言，融入我們的人生觀，四句都正好與西方想法東轅西轍，相背而馳。

「屈己」就是忍耐退讓，什麼「忍耐是處境第一法，退讓是保身第一法」（明呂坤語），以為要讓群眾友朋接納你，你一定要收斂才智，切忌鋒芒畢露，慎防「炫才者嫉來」。在臺灣時常聽到「愛現」、「猖」，就是在批評別人不肯屈己收斂。清代夏仁虎更寫「鋒利者易折，火盛者易燼」，似乎在告誡鋒利別多用，盛火別長燒，這些東方哲思一味在「屈己」。但西方社會則崇拜露才逞智，隨時把握機會推銷自己，這人反而能從群眾裡脫穎而出，顯現競爭力。

「好勝、好強」也是傳統文化的忌諱，以為遲早遇上強中還有強中手，所以「知恥近乎勇」，在中華文化裡主張今日的我勝乎昨日的我，才是大勇。若事事勝過別人，終究是禍事一樁。所以有詩道「甘井忌先竭，賢智成禍愆」（明王偁詩），井比別的井甘甜，人比別的人賢智，未必是好事呢？但西方社會則只採訪勝利者，失敗者無人聞問，「知恥近乎勇」，在西方人是以不能勝過別人為恥。子路的「聞過則喜」，中國人看是喜在改正自己的過錯，西方人看則喜在修正缺點後能壓倒別人，這才有競爭力。

「寡欲、避名」也是傳統文化的核心主張，於是以身安為富，以知足為樂。所以錢財不必多，名聲需要避，慎防「矜名則毀集」，隨著名聲招引許多毀謗，而且為了獲得更多的名聲，必定「勉露其長」，為了保全已有的名聲，必定「曲護其短」，「勉」是「勉強自己」，對自己是一種消耗。「曲」是「扭曲是非」，對自己是一種失德。大體上對騖名射利，採取節制欲望的態度。西方社會則不以如此態度來「保生、保身」，認為名聲就是廣告，處處要打開「知名度」，搞「熱點、賣點」，寧可過劍拔弩張、身心俱疲的日子，什麼「知足常樂」？西方有句名言：「最令人沮喪的糟糕事，是收入少卻自以為夠用！」一知足就不去競爭了？問題就在要不要競爭力。

散步不散步，看似閒散輕鬆的事，其中卻存有東西方生活哲思中一面鑑貌照膽的鏡子！

哈佛之風

到波士頓街上望望，最大的特色是滿街小姐，路角巷口，轉來拐去，都是女的。人口調查是女男比例為三比一，再加上臨時來的，戶口不在此的，若任取街景一角清數一下，女男的比例大約是五比一。

女男比例懸殊如此，對象難找，但女生仍不斷湧入，想不出什麼原因，膚淺地看，以為哈佛大學、麻省理工學院皆在此，頂尖學術、頂尖男士出於此？才吸引無數心存釣男獵夫幻想的女生們逡巡流連？散布在哈佛醫學院四周的無名大學達六、七十座，專收女生的也有。哈佛大學常舉辦校外人士的短期進修班，班班擠滿了想沾「哈佛」光的女性報名者，亞洲來的尤多。

事實上，以「獵夫」心理看女生叢集，是古老落伍的。這是女生在教育普及以後，好勝好強而專心讀書者多，活力充沛，男生反而不易精神專注，又怕挫折，在學業表現上，女生駸駸乎大佔上風。

據說不少麻省理工學院的高才女生，一入校門就以不惜獨身到底自許。

亞洲人至今仍以哈佛大學博士畢業為人生最圓滿的成就之一，和西方人看博士畢業是艱難人生剛開始是不一樣的，西方人稱「畢業」為「開始」，是面對現實社會挑戰的開始，一路前去：求職、面談、工作、結婚、養育……皆非易事，所以哈佛念博士者大都是外國人。美國人知道博士難找工作，也不崇尚博士頭銜的虛榮，不是心性近乎書蟲的，根本不鼓勵念博士。博士是專家，專家本來就出路有限，薪階又高，誰願多花錢聘用？

哈佛大學是以大學部名聞遐邇，使世人都想借火沾光，哈佛所以引以為傲的學風，據張鳳的推介有五點：①崇真求實，②人際溝通，③倫理道德，④多元智慧，⑤跨域整合。我分析其中①與③屬人品，②④⑤屬學養能力，學養能力以多元、整合、溝通為特色，都在標榜「博」，不是標榜「專」。

自來大家做學問都重視專業，以為眼界太闊，會無定見，情不專篤，業就不精。所以明人劉伯溫在《郁離子》中說：

多能者鮮精，志不一則庬，庬則散，散則潰！

明人楊園在《淑艾錄》中也說：

學問之事，最忌是泛，又忌是雜，泛則不誠，雜則不一，終身于學而無所成者，以此。

這些話當然依舊是對的，治學者不專就不能有深度，所以諄諄告誡多能者，當心到最後會一技無成。

現今的「博士」乃是專士，這博士的「博」不同於哈佛的「博」，做學問當然先要求得各門各科的專，專後才要求具備其他門類的博、具備通識的博、具備人間交往通情達理的博，這才是哈佛的「博」。

近年以來，美國已走向以博取勝的社會，專家都是為人所用的，只守著自己所長的小塊天地。博的人才能統馭許多專家。博是以「多能」為主，容易調鼎鼐，集大成，屬管理階層人才。專是以「特長」為主，孤守一隅，屬技術階層人才。美國的專家失業者眾，一失業只能家裡蹲。而博的人一失敗，就會自我審視，隨時俗變化，改頭換面，去測試機會在哪裡，從另一方冒出頭來。

舉個簡單的例子，如學「圖書館學」的人，個個博而不精，論深入專篤，似乎一無所長，但出路卻很廣，圖書館的職位雖有限，但各種商業工業，其資料歸類建檔乃至設計行銷，全靠他的博雜，在廣大社會行業中都用得著，找工作換工作都不難。再舉個例子，如房屋買賣，其中「房屋估價員」、「房屋安全檢查員」、乃至簽字的「律師」，都屬專家，每次各拿數百元，又可隨時被換掉。而善作人際關係廣攬客戶的仲介，每次一拿就數萬元。所以具備廣泛的人脈關係，見多識廣，常常遠勝專家。

哈佛因應社會情勢，學風重「博」，我因住所近哈佛，也常去沾光，一位哈佛學生告訴我，哈佛很多學生跳探戈舞，都是略知門道，不肯認真。和臺灣不少人跳探戈舞會專心苦學而技藝高超是不一樣的，哈佛人略知舞步，用作人際溝通，不想成為一門專長。他們似乎以專為「學」，以博為「術」，才合成完美的「學術」。

哈佛人已明白領導階層不能依仗自己的「專」，事功越大，「專」就越依仗不得。必須多方溝通、跨域整合、多元智慧，才是領導階層的學養氣度。他必須不自迷專才，要善納群才，方是真正的「全才」，這是「博」的取勝處；如果動輒自炫專才，去傲視別人無才，充其量只是個「小才」，這是「專」的局限。專者不易會通各方，容易流為「矜才」的「悍才」；博者則容易具有尊重多元的看法，不容易淪為「忌才」的「庸才」。

放膽一搏，需要眼量大，常常是「博」的人。而智慧高能力強者，原本就不肯一直囿在「專」之中的。

「豬威」與「宥坐」

陶淵明的詩囊篇篇載酒，王維的詩廊句句藏畫，而我的遊記文章中常常邂逅學問，遊山玩水時，山水樂事貼著學問的乳酪做成了三明治，一并咀嚼，滋味可特別。

這是我長年結習所致，在偶然瞥見的景物中，忽然尋見一個學問的切入點，讓尋常的觀光旅遊，也能變成個人在學術上探險獵奇的機緣，一經深入勘探，可能發掘出大量樂趣。

例如在加拿大維多利亞有座布查德花園，聞名於世，來加旅遊者必到之地，其中有一座日本花園，當年英日同盟，由日本捐給園主的。園中有竹林、蓮池、石橋、石燈，小小的白砂枯山水和茅草山門，頗具日本風味。而在曲澗細泉的亭欄下方，有一取名為「豬威」的竹器，日本人一定是認為「豬威」乃日本古昔發明的器械，當做他們的「國粹」才陳列於此。在國內沒見過，因而吸引了我的注意。

「豬威」是在流泉下方，由一竹筒與支架構成的簡單器械，由竹筒承接泉水，竹筒中段設一支點，翹翹板似的可以隨著進水的重量而上下仰仆，竹筒一端開口，可以進水滿整筒，一端長數節，端末截平，不能進水。進水的一端滿筒時，重量超過了長數節的空竹筒，就墜落下來，一墜落滿筒的水就會倒空，倒空以後那進水口就輕仰起來，長數節的空竹筒又墜落回來，空竹筒墜落時就擊響下面一塊卵石，發出「卜」的響聲。倒空的進水口仰起來又承接泉水，接滿時又墜落，如此流泉永不停歇，卜卜之聲便每隔幾分鐘敲擊一次，日夜不停。日本農民利用這卜卜巨響，設置在山澗渠道裡日夜發聲，嚇走來田畝中啃食芋薯瓜果的野豬，便叫這隨著水滿水乏而仆低仰高的竹器為「豬威」。

千千萬萬的觀光客都看過這「豬威」，只覺得這些古初農民的創意挺好玩而已，連日本人自己也未必知曉這「豬威」其實大有來頭，我在《好句在天涯》中曾說自己要讀好異國這本豐富的大書，要學孔子「進太廟每事問」的開放心態，對這「豬威」也要問問究竟嗎？

告訴你，孔子進廟裡每事問，問過些什麼事呢？有次去魯桓公的廟裡，就問了這「豬威」，原來「豬威」是中國貨，中國老祖宗的貨，在周朝以前就發明了的，只是叫成「豬威」是日本名稱，周朝的老祖宗叫它做「宥坐」或「攲器」，老祖宗將它放在几案上，警惕自己，作為修身用的，日本人學去應用於實際生活成為農具，作為嚇野豬之用，可以減少農作物的損失。

孔子進入魯桓公廟，看到這「攲器」，就問守廟者說：「這是什麼器具呀？」守廟者回答說：「這是放在坐位旁勸戒人的『宥坐』器呀！」孔子早聞宥坐攲器之名，但不曾見過實品，此時經守廟者一提醒，眼前的實物與久聞的名稱，名實便聯結起來了，於是回頭指揮弟子們說：「去拿水注入試試看！我聽說『宥坐』之器，虛的時候就攲，注了一半水就平正，注滿了就翻覆。」弟子們挹水注入，注入一半就支架持平了，再注滿果然即刻翻覆，覆空了又恢復上攲。孔子大大地嘆息著說：「吁乎！哪有自滿而不翻覆的呢！」當時子路就問：怎樣才可以持盈保泰呢？孔子便告訴弟子們，要守著謙、讓、愚、怯！因而引出了「滿招損，謙受益」的人生哲理。

這宥坐的攲器，古時也有以金屬酒杯做成的，據《文子》的記載，在三王五帝時代就已經發明了。「宥坐」的名稱見於《荀子・宥坐》。又名「右坐」，見於《說苑・敬慎》。直到清代的金甡寫〈家誡〉詩：

君看宥坐器，未滿終不傾。

可見清代的讀書人，還都認識它的，現今大家都不認識它是中土故技，誤以為是東洋發明的玩意兒了。

6 做文史學問要注意故紙堆外的實物世界

做文史學問很容易養成在故紙堆裡抄來抄去的習慣，對於書本之外的實物不太注意。古人雖早有「格物致知」的教訓，但格物或成「格去物慾」，致知或成「致己良知」，把自然界實物撇在一邊，全用心到人品修養上去了。清代的魏象樞曾感嘆學者們在格物致知上的混亂，他說：「致知格物之解，聚訟數百年，而終無把柄，有說內一邊者，如淘沙井，愈淘愈深。有說外一邊者，如放風鳶，愈放愈遠。又有內外兼說者，如對鏡花，捉水月，愈尋愈沒著落。」這是將格物致知虛無化以後，不去觀察驗證實物的種種病象。

格物致知當然是要將心智發揮到博物上，科學上，自然界也啟示許多文史研究的知識。但自古至今有許多學人，不是認為六經都已全備在我身上，就是只對故紙堆越來越依賴，一天到晚，把故紙上的字句抄來抄去，遇到問題，都抱著「前人豈欺我哉」的心態，根本忘了要走出書本，走出玄想，多看實物世界。根本忘了學者應有訂訛徵實的勇氣。一走出書本，走出玄想，才知道許多古人以為沒有問題的地方，可能大有問題。

下面附〈故紙堆外的世界〉一篇：

故紙堆外的世界

說個故事：北宋王安石在注釋《周禮・夏官・司馬》中的「贄牛耳」一句時，翻翻故紙堆裡的資料，有的只說「贄牛耳」就是「執牛耳」。有的說諸侯司盟時割牛耳取下血來放在珠盤裡，主盟的諸侯執著牛耳。但為什麼要執牛耳呢？牛尾不行嗎？王安石就以為執牛耳是取其「順聽」的意思，要其他各位諸侯都順著聽話。這時有人牽了一條牛來，讓王安石辨別，牽牛者說：牛不是用耳朵聽的，是以鼻子聽聲音的，並做實驗給王安石看，牛一聽到聲音，就會翹起鼻子。王安石也試了幾次，有點想把「順聽」的注釋改掉。

閻若璩在《尚書古文疏證》裡引了這個故事，當然是在訕笑王安石，耳朵管聽覺，鼻子管嗅覺，人與牛必然相同，這還有可以懷疑的餘地嗎？但我對這個故事卻有不同的看法。

我讀這個故事，讀到注解牛耳居然要牽牛來，就對王安石肅然起敬。那是他想弄清楚「贄牛耳」究竟是什麼意思，有實驗精神，能注意到書本以外的博物世界。再讀下去，說王安石會動搖信心，相信牛可能以鼻子聽聲音，一時半信半疑，引人發笑。這部分不可能是事實，這是後人附加上去污蔑荊公的。王安石豈是如此可以被嗤笑的人物？

王安石是個思想極度超前的人物，他知道天災不是靠皇帝下「罪己詔」來解決。他知道和西夏開戰前要先造大糧倉來儲備軍糧。他明白兒子王雱既短命而死，就將年輕的媳婦當做女兒般，隆重厚備嫁粧，再嫁去高貴門第，不要守寡。又發明青苗法等農業貸款制度，這種種都要到二十世紀時大家才普遍認為正確合適的做法，他在十一世紀時就來施行，如此先進傑出的人物，連鼻子管嗅覺都搞不清，居然還能將《周禮新義》寫完，頒行天下？

真可惜！此種離開故紙堆抄來抄去，卻走出門去看自然世界的做學問者，從北宋王安石以後，很少人繼續步武他的蹊徑足跡。不然，去磨玻璃做望遠鏡，用之於天文、軍事；又磨玻璃做顯微鏡，用之於生物、醫學，甚至從蒸氣掀開鍋蓋的原理發明火車頭，從寒夜脫衣時衣衫上偶爆的小火星星，這靜電原來與天上的閃電相同，進而發明電燈，這些發明家裡就會有中國人！但我們就只著迷在故紙堆裡抄來抄去。

我在陸深的《玉堂隨筆》裡讀到明人薛文清公觀看崖石上有明顯的紋理橫線，而層層相疊。他就說：這是天地之初，陰陽摩盪而成，像水漾沙，一層又一層。不管說得對或不對，有這種觀察精神最可貴。如果有人繼續不斷去探討，那麼地質學、地球科學都衍生出來了。但是鮮少有人去探討外界實物，只集中一流的頭腦在故紙堆裡打轉。

到了清代的康熙皇帝，受了西方的影響，讀文史書的觀念也起了變化，有一天讀到晉代車胤將數十隻螢火蟲放在練囊裡，照書夜讀。就教太監收集幾百隻螢火蟲來照書，根本照不明白筆畫，就破解了「螢囊照書」的謊言。

而清代的乾隆皇帝，有一天讀《詩經・谷風》「涇以渭濁」，明明在寫：清的涇水因為渭水匯流而混濁。但經過《漢書・溝洫志》裡說「涇水一石中有泥數斗」，後來學者搞成涇水是濁，渭水是清。連朱熹注都如此說，朱注在清代是定於一尊的，那麼究竟孰清孰濁？乾隆弄糊塗了，就下令陝西巡撫秦承恩去實地勘察，秦就將兩水中同季同日各取一石水，看看兩水的沉澱孰多孰少？經過幾次測定，渭水的沉澱比涇水多了四倍。又命人潛水去摸河床底部，發現涇水是石子底，渭水是沙底，證明了涇清渭濁。皇帝便將紀實公告天下，毛傳比朱注正確，也不忌諱說明「朱注大失經義」，解決了文史上懸疑千年的問題。

此種在故紙堆外呼吸新鮮空氣的做法，改正了經生的曲說，也洗淨了陳典的霉味，革新了做文史學問的觀念。所以焦循讀《詩經・中谷有蓷》，第一章說蓷草乾枯死了。第二章說蓷草修長將乾了。第三章說蓷草遇大水浸泡了。覺得三章的次序有些顛倒。

他就去田野實際觀察，發現陸草先是被浸泡在水中，不但不馬上枯爛，而是隨水淹而抽長，長得特別高長，等到淹水一退，再太陽一晒，陸草就枯槁。所以這三章的次序是取倒敘的方式。證明婦人被棄後，向人訴苦，一定先告以離婚被棄了，再敘述近因，再講下去才述遠因。認定婦人「先舉其重，然後倒本其初」的說話順序是對的，但婦人的愁情卻逐章而加重，第一章只是嘆息，第二章乃發出顫抖的呼嘯，第三章才哭泣不能說話，越說越激動悲傷，這種心理反應也切合婦人訴苦的常態。

焦循精於天文算術，對鳥獸草木蟲魚都注重「實測」，凡事都要求「真解」，「不屑屑依傍傳注」，所以他寫的《易經通釋》及對《詩經》的見解，都遠遠高人一等。

許多年前，我還在臺灣時，見小學課本裡還在教車胤「螢囊照書」的勤讀故事，就寫文章請編譯館刪除這國語課文。

到了國外，又因西方教師對烏鴉反哺故事的譏嘲，去查世界鳥類圖鑑，詳閱資料，都沒有烏鴉反哺的記載，白居易的〈慈烏夜啼〉詩：「聲中如訴苦，未盡反哺心」，也不是近距離的實際觀察，只是憑傳說而聞聲自我推想。我亦寫了篇〈烏鴉閒話〉於報端，引起廣大注意。後經農委會動物專家回答稱：「截至目前為止，生物學家都沒有觀察到烏類有反哺現象，一般推測，很可能是杜鵑科的大型鳥類，喜在其他弱小鳥種巢中下蛋，誘使代為育兒，造成小型鳥餵養大型雛鳥現象，以致雛鳥被詩人誤認為是烏鴉的老邁父母。」答覆給教師會，並供九年一貫教科書的編纂會商榷。可見許多古人誤認的現象，承訛踵謬，竟超過了一千年，必須走出厚厚的故紙堆，才有真實的視野。做學問不能「架空設心」，只憑揣摩，也不能「簾視壁聽」，隔一層就去相信。

近年我因相信「扶桑」乃指墨西哥，那麼「扶桑」以一種植物而成為特殊地標，進而成為地名國名，必有其不同尋常的枝葉樣貌。在《南史・東夷傳》裡說：四九九年，扶桑國曾有一位名叫慧深的和尚來到中國，他說「扶桑」枝葉可以造紙、績布及作屋瓦。扶桑國在日本東方三萬多里，不是日本。

現今學者已認定「扶桑」就是「龍舌蘭」。我在臺灣時常見龍舌蘭，乃籬旁不甚起眼的長葉觀賞植物，怎麼能成為獨特的地標景觀呢？心中存疑。二〇〇七年我特赴美墨邊界，親睹那邊的龍舌蘭，粗壯雄奇，茂盛成林，樹比人高出甚多，一葉橫生可以有二人長，非他處可比，其用途正與慧深所言相合。難怪可以因「扶桑木」而名為「扶桑國」。

我在研究「扶桑」是墨西哥時，意外在墨西哥的觀光海報上，發現墨西哥古廟裡的神像壁畫，居然就是《山海經・海外東經》裡的「鳥身人面，乘龍的東方句芒」神！和《淮南子》說扶桑之地乃句芒神所司也相合，句芒就是春神（說詳《黃永武隨筆》上冊）。這些考證都靠走出戶外，突然發現這些千年以上、萬里之外的文物，可以作為故紙堆裡尋根究柢的證據。

1 在眾人習焉不察處發現新答案

做學問的快樂，就在眾人習焉不察的問題上，發現答案。時時發現問題，縈繞心頭，又常常找到答案，有了歸宿，便誕生趣味。趣味濃了，畏難的階段已經度過，於是決心精進，佛家所謂「情極志專，功深力到，不覺不知，忽入三昧」，因而終生欲罷不能。下面舉《幽夢影》書名的出典〉及〈歲寒三友與梅蘭竹菊〉兩文為例：

《幽夢影》書名的出典

《幽夢影》是一本將生活美學講得極為精采的書，大家久聞其名，但是書名為什麼叫《幽夢影》？作者沒說，沒有人明白。

幾位寫序的人，都是用猜的。《昭代別集》裡收的《幽夢影》，有楊復吉的跋，說「書名曰夢曰影，蓋取六如之義。」以為是採用《金剛經》「如夢幻泡影，如露亦如電」六如的意思，但如此解說，夢與影是有了，沒有「幽」字，顯然並不契合。

《幽夢影》的序文，有一篇為石龐寫的，石龐字天外，與作者張潮是安徽黃山的同鄉，他說書名寓有「為色為空，如夢如影，且應作如是觀。」前引楊復吉的跋文，和他的見解相同，但缺點也相同，不曾包含「幽」字，不可能是書名的謎底。

《昭代別集》中又引張惣的話：「幽人夢境，讀者勿作影響觀可矣。」以為影和響是有形有聲的，幽人夢境無真形真聲，不要以假作真。他如此解讀，幽夢影三字倒是全了，但這句話既帶點添加自己的意思嵌鑲拼湊而成的意味，整句並不自然，且張潮書中很少在強調「不要以假作真」，所以我不相信這是他書名命意之所在。

另有一篇特自稱為「同學」的孫致彌所寫的序，說「以夢且影云者」，是神話中海外有夜長晝短的國家，那國的人以為白天行事是幻假的，晚上的夢境才是真實的。又說《莊子》裡有人討厭影子而逃避影子。所以書名的意思是以「夢」為「覺」、以「影」為「形」吧？用疑問句，正表示是寫序者自己的猜測，並不是因為「同學」而有特別的了解。他並說：這字謎待猜，讓讀者可以「聞破夢之鐘，而就陰以息影」呀！他左猜右猜，始終不曾包括「幽」字，謎底必然不是如此。

但孫致彌這位「同學」卻大有來頭，他是江蘇嘉定人，生於清初順治六年（一六四九），當張潮在康熙三年（一六六四，虛歲十五，實歲十四）受到孫清溪的賞拔，補博士弟子員，有機會入太學讀書時，孫致彌比張潮大一歲，已經在太學裡有早慧的才名了。這是兩人的第一層關係。

孫致彌的祖父孫火東公在明代是山東（登萊）的巡撫，而張潮的父親曾「視學山左」，山左乃是山東的太行山之東，也在山東做學官，所以孫火東公是張潮父親的頂頭大長官，這是兩人的第二層關係。（賞拔張潮的孫清溪與孫火東家族有無相關，待考。）

孫致彌在太學中既負才名，而祖父為山東巡撫，山東是朝鮮海路來中國的出入門戶，朝鮮在明朝時事奉中國最恭順，所以大員出入中國，都與孫火東交往。孫致彌自小耳聞家教也知悉朝鮮民風事物，並留下許多人脈關係。又由於孫火東公幕僚中不少奇士稗將，入清後都勳爵顯著，所以當康熙十八年（一六七九）朝廷要頒詔朝鮮時，就有大員向皇上推薦孫致彌，竟由布衣躐等，一躍而成二品服的「朝鮮副使」。那年張潮已二十九歲了，還沒開始寫《幽夢影》。

張潮自一六六四年（甲辰）補博士弟子員後，不久家庭發生大變故，他曾說從甲辰至乙卯（康熙十四年，一六七五），即十四歲至二十五歲，共十二年，其間「苦辛坎坷，境遇多違，壯志雄心，消磨殆盡」，所以他在太學與孫致彌「同學」的時間極短暫，我所以長篇介紹孫致彌的經歷，就在證明他倆不是同窗共硯有知心關係的「同學」，且張寫《幽夢影》時，倆人沒在一起，他對《幽夢影》書名的由來，也只憑猜度而已。

孫致彌出使朝鮮歸來，向朝廷上遞《朝鮮采風錄》，又於康熙二十七年（一六八八）中進士，這時張潮已三十八歲。不久孫即入詞館為編修，後昇為侍讀學士，地位顯赫。但至康熙三十八年（一六九九）五十歲因事入獄。後得釋復官學士，已遭遇半生坎壈了。張潮請他寫序的時間應在孫入獄之前，所以是張潮四十九歲之前，那時孫致彌正在風光，特稱張潮為「同學」，多少有些幫抬老同學身分的用意。張潮活到幾歲，無從斷定，但由孫致彌的榮辱年歷，亦可以推測張潮寫《幽夢影》的時間約在三十歲以後，四十八歲以前。

張潮的《幽夢影》寫得如此好，但他留下的《張山來詩集》（今有手抄本存於國家圖書館善本室），我取來一讀，其中都是集鳥名、集花名、集書名、集詞調名、集傳奇名的詩，以及回文、離合體、嵌字詩，屬於「謎家」愛做愛看的遊戲詩，猜想可能與年少時遭遇的苦辛有關，使他心灰意懶，無意於仕進，只寫些脫離現實，陶醉在不讓人觀測其才、智、義、量的文字遊戲中。

孫致彌寫的詩甚佳，像〈江行〉詩「波光能奪月，灘勢欲驅山」，能凝聚川注颷起的力道，十分了得，我將它收入《字句鍛鍊法》中。原本他寫作「灘勢欲駒山」，灘勢像要騎馬般，浪頭要騎上山去，將名詞「駒」作動詞用，尤為奇絕。所以馮定遠曾題其詩集十六個字：「蠶吐五采，雙雙玉童，樹覆寶蓋，清談梵宮。」蠶吐五采指色絲，是「絕」字。雙雙玉童，指子女，是「好」字。樹覆寶蓋，指木上加宀，是「宋」字。清談梵宮，指寺中之言，是「詩」字。合起來稱讚孫致彌寫的是「絕好宋詩」。此種「謎語」式的題詞法，正和張潮喜做「離合體」、「嵌字詩」是同一條路線上的人，猜測孫致彌早年也可能是愛謎語的玩家，和張潮是「謎友」，也許這是他倆的第三層關係。所以在這位老同學的回憶中，張潮的特長在此，才說張潮的書名是要人猜謎的。

以上各家的說法，都無助於尋取出典，我將這些猜測一一排除以後，我明白這是一個讀罷書名序文，人人以為已經了解，而事實上都不曾了解的好問題，記在心頭，有一天，果然如小說家所形容的「驚鴻照影，巧遇佳人」，我在明代詩人謝廷讚的《霞繼亭集》中讀到一首〈梅谿道中〉詩：

芳魂時問影，幽夢欲分身！

啊！眼前一亮！像鑽燧至此焰發，像暗雲至此日出，我拍桌而起，這種快樂絕不是富貴榮華能比其萬一的。在無標點的木刻本上，不僅幽夢影三字俱全，三字亦相聯，而此兩句詩意，乃在寫高蹈遠隱，不與俗人交接，只管魂影相顧，自我殷密，偶逢幽夢分身，相依對話，一派自言自語的味道。這正切合於《幽夢影》寫作的背景與作者的身世人品。謝的詩集刊印於萬曆年間，張潮容易讀到，這兩句詩讓他「如同己出」，太喜愛了，才濃縮截取並重組成《幽夢影》這個書名的吧？

歲寒三友與梅蘭竹菊

歲寒三友是松竹梅，梅蘭竹菊是四君子，人人耳熟能詳，連日本的古剎亭臺，松竹梅合成一幅圖案者也隨處可見，傳布之廣既如此，但創始自何人？出典為何？辭典上的解釋都不正確。

歲寒三友，《辭海》等辭典引東坡詩「風泉兩部樂，松竹三益友」，以山水、松竹、琴酒為三友，不是松竹梅。或引趙翼《陔餘叢考》卷四十三，也不是松竹梅。

《中文大辭典》引高士奇的《金鰲退食筆記》說明朝天順年間五龍亭後有草亭，畫松竹梅於上，曰歲寒門。松竹梅是全了，但時間晚到明朝，絕不是首創者，又沒見「三友」兩字。

大陸新出的《中文辭源》舉孤本元明雜劇佚名著的《漁樵閒話》卷四：「那松柏翠竹，皆比歲寒君子，到深秋之後，百花皆謝，惟有松竹梅花，歲寒三友。」這個例子，年代提早了些，也比較完整。它又舉宋林景熙《霽山集》卷四〈五雲梅舍記〉其中寫：「即其居累土為山，種梅百本，與喬松、脩篁為歲寒友。」這個出典，上推到宋人，比前述各例均早。我推算過林景熙的生卒年代，他是南宋的遺民，宋亡於西元一二七九年，那時是三十八歲，曾因收宋陵遺骨一事，大有忠義的名聲。他到元代武宗至大三年（一三一〇）才過世，年六十九，生年當在宋淳祐元年（一二四一）（資料據《宋詩鈔．白石樵唱鈔》）。推算年代，主要是看誰才是最早提出「歲寒三友」的，才算是原始的出典。

我一直提高警覺留意著誰先誰後問題，當我讀到宋人樓鑰所寫的一首〈題徐聖可知縣所藏揚補之二畫詩〉：

梅花屢見筆如神，松竹寧知更逼真，百卉千花皆面友，歲寒祇見此三人！

「哇！」我幾乎要叫出來。這才是歲寒三友的原始出典！原來是畫在兩張畫上，一張只畫梅花，一張畫了松竹，樓鑰合題成一首詩，合稱為松竹梅歲寒三友。比百卉千花的「面友」更可貴，面友只是見面時臉面上春風和善一番的朋友，而松竹梅才是經得起冰霜風雪的摧折，骨子裡永不凋殘的歲寒三友。幸好這首題畫詩保存了下來，如果畫沒保存，題畫詩也散佚，那麼歲寒三友的出典就湮滅難尋了。

樓鑰的卒年比宋亡要早六十八年，約在一二一三年。史書上說他「年過七十，精敏絕人」，只要題目一下，草稿立進，成為令人驚詫的「資政殿大學士」，可見他健康長壽，所以推算起來他的出生年約在一一三七年，要比林景熙早一百年以上，歲寒三友的出典當歸之於樓鑰才對。我曾在一九八七年二月十九日發表〈學海撈針說成語〉，已將這發現的答案公布過。

當然，治學是一輩子的事，公布了答案仍持續注意這個問題，後又見考古資料，福州市郊浮倉山開挖黃昇墓，出土有棕黃色緞子上織有松竹梅圖案，黃昇的卒年為淳祐九年（一二四九），仍比樓鑰晚了三十六年，以樓鑰為出典，還不須修正。

歲寒三友定型於宋代，在前。梅蘭竹菊四君子定型於明代，晚了許多。由三友演化為四君子，有其複雜的思想背景。如宋末有人開始攻擊松樹，像李誠之的〈松〉詩道：「一事頗為清節累，秦時曾作大夫官。」因為秦始皇在封禪時曾遇到狂風暴雨，皇上抱著松樹躲過了天災，後來封泰山松為五大夫。所以後人呼松為「松大夫」。至今韓國觀光點還存有古松稱為「大夫松」。李誠之認為受封官職是清節的累贅，且任職於暴秦，品似高而跡非清矣！

再則宋亡後鄭所南畫的蘭花都沒有根，別人詢問原因，他就說：「土地被外族奪去了，你還不知道嗎？」殘蘭雖小，幽貞仍在，成為遺民們自身的寫照。國家既亡，鄭重擇地置身，不必當戶，自宜居於空谷。影響許多畫家，都喜愛畫蘭花，並認為歲寒三友中，竹有節而少花、梅有花而少葉、松有葉而少香，只有蘭是花、葉、香三美俱全。元代四大家之一的吳鎮，就在歲寒三友中將蘭花畫入，合稱為四友。

以前我常聽書畫鑑賞家說：梅蘭竹菊四君子開始於元代的畫，我在古畫中尋找，還不曾見到，大概是指吳鎮這張〈四友圖〉，但四友並不是後來的四君子。

元人不但推舉了蘭的地位，更崇敬菊的高致，由於異族佔據，讀書人地位低落，士人都被陶潛東籬采菊的隱逸思潮捲走，晦迹深藏，幽懷獨抱。若論耐歲寒，菊又最能與松竹梅相配，都有挺立霜雪的節操。加以宋代的理學思想處於衰頹，元人又掀起崇拜神仙狂熱，認為菊有九仙骨，菊英可餐，菊枕安神，菊茶延年。

因而到了明朝前期，薛瑄提出「竹梅蓮蘭菊」五友，「松」已被擠出去了。薛瑄是明代永樂二十年（一四二二）的進士，景泰元年（一四五〇）為文淵閣大學士，入閣參預機務。他以理學出名，以宋儒為師，所以將周敦頤愛的蓮花加了進來，但五友說並未流行成風。徐渭曾替五友齋作聯，稱「松竹梅蘭」為四君子，維持著元代畫家的四友，仍不是梅蘭竹菊。

我讀書不多，在我讀過的書裡，最早出現「梅蘭竹菊」四者的是明代岳正的《類博稿》，中有一篇〈畫葡萄說〉，說葡萄的德性是廉剛謙仁，並兼有才與用，「宜與菊蘭梅竹並馳而爭先」。菊蘭梅竹四者並駕齊驅，第一次並排在我眼前亮相，後來調平仄成「平平仄仄」，才成流行的梅蘭竹菊。

岳正是明正統十三年（一四四八）的狀元，卒於成化三年（一四六七），約五十歲。也曾值文淵閣，文章氣節名滿海內，所以忌者甚眾，他又善於畫作，近年出版的故宮《海外遺珍》畫冊裡，收有岳正葡萄畫軸並題詩，藏在美國克利夫蘭藝術館。所題詩與《類博稿》的葡萄詩不一樣，可見他畫的張數不少。他說葡萄可與四君子爭先，猜想他或許也畫過菊蘭梅竹圖，即使有，可能早佚失。他在文淵閣的日子並不久，即降官貶謫戍肅州。到明憲宗成化初（一四六五）復官職，沒多久又被出為興化知府。一生竄謫淪落，再起再廢，他的畫很難公開傳揚，勢衰利盡之日，朋友都怕患難切身，畫作也少有珍惜收藏者。身後遺稿由女婿李東陽編集，畫作散落，不知將來尚有機會多發現幾幅嗎？至今我初步認定梅蘭竹菊並列四君子，以岳正為最早。

行文至此，我順便作一呼籲，希望家中若有珍藏古書畫的，務請讓人知曉目錄，這對學術貢獻巨大，不知有多少書本中懸疑未解的問題，就在這些書畫上。就像我以前寫了篇〈李杜墨跡存人間〉，提及杜甫的墨跡除新出土的石刻外，還有一首〈贈衛八處士詩〉的真跡，到明末還藏在內閣府，錢謙益曾說胡儼親自見過那奇偉的書法，但今不知流落何方？此文章一發表，我那位博學多聞的于大成兄就打電話來說：「就在臺北丁念先家裡藏著這卷墨寶呢！」呵呵，若能公開流傳一張照片，就可以布施眼福給全世界人分享了。梅蘭竹菊四君子的起源，可能和歲寒三友一樣，起源在某張畫的題畫詩上。

8

一字一詞追根究柢都是學問

我對一字一詞都有敏銳的感受與濃厚的探索興趣，這便是我適合研究文史的性向特徵。所以我會去專心於文字學的研究、《釋名》的研究、諺詩的研究。其中有根源可尋者，由是展其所好，自生其樂；有依然不知其然者，亦由是明白「知也無涯」，心不再空洞。想想東漢的大儒賈逵，為什麼一生成了「問字不休賈長頭」，大概就是此種樂趣吸引著。我偶爾會將字詞的考辨，稽譔其本末，寫入了文章。我認為一位夠格的文字工作者，對文字的形聲義，都需要有不同於尋常人的靈敏度才好。下面舉〈女〉、〈什麼東西〉、〈吃豆腐〉、〈敲竹槓〉四篇為例：

女

伊媚兒裡傳來向我探詢「女」字的象形（），究竟是在象什麼形呢？是女奴嗎？還是有別的更好的解答？

我一試網路上怎麼說，原來早有三、五條「緊急求教」女字象什麼形的徵答信，也有人已回覆，給了答案。說女字的篆文下半跪著，是女奴跪著服侍人。並為古代女權不平等而大鳴大放一番。

此種解釋，清人已有的，如「取在人下，故詰屈之意」（見王筠《說文解字釋例》），被有心人一引申，女人都是下女？所以下半身跪著。但下半身跪著就是女奴了嗎？像段玉裁在《說文解字注》中，就認為下半身詰屈，是女生不常拋頭露面，取「掩斂自守」的意思，並不是女奴。

上古曾是母系社會，知母不知父，相沿下來，意識中不會只造女奴跪著的形象來代表女性。許慎的《說文解字》只說「女」是「婦人也，象形」，沒說象什麼形，於是後人就各憑想像去猜了。

女字篆文下半畫下跪形，是因為古代沒有椅子，席地而坐，試看《史記·項羽本紀》的「鴻門之宴」中，樊噲撞入軍門，項王見狀，就「按劍而跽」，跽就是直腰「長跪」，鴻門之宴時主客都席地而安坐，將有所動作準備才會跪起來。可見跪不是指人下人，更不是跪著服侍人。女字下半蹲跪著是有所動作著，不是沒事做而已。家裡有個女人坐跪著就是「安」字，女人在家，相對於「男」字是「力田」，去田裡工作，是「男主外」，女子在家跪坐，是「女主內」，必然也忙於家務。

女字從甲骨文開始，就畫跽地挺直腰幹，而肩手交互忙碌操作的形象，不像在斂膝靜坐，那麼在忙碌操作何事呢？相對於男字是「力田」，男的耕種，女的可能就是牽絲飛梭的紡織了。「男耕女織」，衣食無憂，「男主外、女主內」，同心興家，應該是「女」字初造時象形意識較為可信的解答。

自然，紡織之外，一切家務、女紅及梳妝的事都包括在兩手不停地勞作之內的。單單解釋為女奴服侍人，是很褊急狹隘的特定想法，只憑抽象的筆畫曲線去推斷究竟所象是什麼形？都可隨各人自己的想法而可此可彼的啦！

金文的女字或在首上又多一橫，可能是代表笄簪，女子十五許嫁而笄，代表已成人，就像丈夫成人而冠一樣。妻字在女上笄簪更多，就是指「在家為女，出嫁為妻婦」的意思吧？「妻、齊也」，齊就是平等相待，結婚時必須有親迎之禮，哪裡有「下女奴才」看待的古禮呢？

由中國的女字，自然會討論到女子與小人聯帶在一起的古老問題，一位西方女權主義者說：「孔子講過『唯女子與小人為難養也』的話，憑這句話我就不信孔子有什麼偉大了。」

「小人」雖與「君子」相對，但這裡的「小人」不是指壞人，「小人」是指沒受過教育的人。「君子」就是「君的兒子」，如天子的兒子、諸侯的兒子、大夫的兒子、士的兒子，都有受教育的制度與權利，父是君，天子諸侯是國君，士大夫是家君，其子便是受過教育的「君子」。

「士、農、工、商」四類人裡，「士」是君子，受過教育，不可不弘毅，農工商都不受教育，所以農工商都稱小人。古代女子均不受教育，所以和農工商連類並列，沒受過教育的人，見識有限，觀念閉塞，難以對待，行事容易不合分寸；又難以溝通，事後容易多生怨言。小人難養，養就是對待，都是從有無受教育上著眼，並不是從男女性別上著眼，有什麼不對呢？

孔子說這話的當時，平民都沒機會受教育，推廣平民教育是從孔子倡導開始的。孔子深知不受教育者的苦處，才發如此的感嘆，其中哪有打壓女權的意思？

今日士農工商人人平等，農工商各門都有博士碩學，而男女同校，各憑才智發揮，職業全無歧視，人人是「士」，人人是「君子」，往公民社會邁進。女權高漲，前文論及執世界學術頂尖牛耳的美國波士頓，滿街望去，婀娜嬋娟，婉婉嫚嫚，都快變成女兒城了！優越的女性紛紛從各行各業裡出人頭地，哪裡還有女子小人難養的問題？平民教育如此普及，飲水思源，能不歸功於孔子的努力嗎？

所以看每個古代問題，都要回復到古代的時空環境去看，這叫「以古論古」，才見真相。若是知今不知古的人，只拿今天的社會人權標準，去直解古人的語言，往往錯在自己，不在古人。

什麼東西

蕃兒在美國大學裡教華語，教到「什麼東西」時，學生們的興致突然高昂起來，議論紛紛，為什麼用東方西方來稱呼一件物品為「東西」呢？在國內，大家習焉不察，很少有學生會對此發問。

去查字典或《通俗編》，字典裡說：《齊書》中記載，有位姓王的臣子奏報齊武帝說：稱呼陛下壽比南山，萬歲萬歲，僅是表面文章，舉南山東海等空間不切實際，我是真心願陛下長壽百年。武帝說：長壽百年也不容易得到，若是要能收集到一百件東西，那還有可能做到。字典中認為稱物品為東西，起源於此。

如此的解答有些矛盾，物品如果還不曾叫做東西，又怎麼會說收集一百件東西呢？於是有人補充道：古代有一種酒器，叫做「玉東西」，齊武帝說的大概是收集一百件「玉東西」，所以稱物品叫東西。這補充仍沒有能釋疑，因為那酒器是什麼原因會稱做「玉東西」呢？

懷疑「什麼東西」，並不是到今日才發現，早在明代崇禎皇帝時，皇帝問眾臣道：「現在市場上交易，只說買東西，沒人說買南北，這是什麼道理？」輔臣周延儒回稟道：「南方是火，北方是水，早晚向人家敲敲門借個火，要點水，沒人不給的，不能成為市場交易，所以只買東西，不買南北。」大概東方是木，西方是金，五金木料都得花錢買，所以要買東西吧？崇禎皇帝聽了覺得很有道理，叫了兩聲好呀好。其實這只是周延儒急中生智，靠敏捷應付場面罷了，「東西」哪裡是由五金木料來？

有人沿著這條思路說：錢的關係啦！貨品好的稱「南貨」、「北貨」，南北貨大交匯，所以南北是描繪值錢的，沒人稱「東貨」、「西貨」，所以不值錢的就叫東西，什麼東西！古時沒有「東洋貨」、「西洋貨」，這說法還真有不少人相信。

又有人舉出束晳的〈貧家賦〉裡說：債主上門逼債，只好挪東去償西，於是「東西」就變成物品的代名詞了。古代窮人多，「挪東償西」的經驗幾乎人人都有，現代「卡債族」袋裡不只一張卡，以債養債，也會有「挪東償西」的時候，所以覺得這種說法合情合理，猜中了。

更有人「好古」必求諸經典，找到出處，才相信。千找萬找，在《公羊傳》襄公十六年的注文中，找出「東西」兩字，但究竟是指執旗者所手持的東西，指旗上飄帶的向東向西呢？還是這東西變成了物品？

薔兒問我哪個答案正確，我提醒她：清代有位研究《易經》極有心得的學者焦循，他對物品叫做東西的由來，值得注意，可能是一語中的。他說：東西二字，乃「的」字之反切。

原來東字的反切上音是「ㄉ」，西字的反切下音是「ㄧ」，合起來就成「的」，今人用「的」，古人用「底」，聲音一樣，「啥的？」就是「啥東西？」緩慢地念是「東西」，急著念就是「的」，啥東西？什麼東西？原來就等於「什麼的？」焦循下世，至今將二百年了，他正確的說法，仍無一本辭典知曉，真是可惜。

反切之學依仿印度佛經的傳譯而盛行於國內，齊武帝時反切正新興熱門，有人將「東西」反切成「的」，將「玉東西」反切成「玉的」，就流行起來。就像《鏡花緣》裡的黑齒國、女兒國都流行此道，女學塾裡的紫衣少女嘲笑天朝來的多九公，說「吳郡大老，倚閭滿盈」，這八字用作反切上下字，便切出「問道於盲」四字。我幼時在浙江農村，看靈媒在喪家答覆問題時，有靈媒的同黨就在窗外大聲唱著，將暗地收集來喪家的資料，全用兩字反切在唱，一般人都聽不懂在唱什麼，這種暗傳密語法叫「打切口」，別人還以為那同黨也在作法念咒呢！

謎底揭開了，原來如此。薔兒說：「以這樣解釋去教學生，對是對，可沒有借個火、要點水來得有趣呀！」我就告訴她：「一個動聽的講法，一個美麗的傳說，往往不是真實可信的，謎底常常是平凡的原來如此！」

（這個文題，我曾在《中華日報》「海角讀書」專欄中寫過，發表於一九九〇年八月十八日，未曾收入文集。後又增添重寫，刊於二〇一〇年十一月《文訊》）

吃豆腐

近年報上常出現「吃豆腐」三字，形容作弄別人。有人忠厚老實，被狡黠者吊吊胃口，報上形容為「被吃豆腐」。近日陳水扁強調一邊一國，認真考慮公投決定前途等，見報上又寫：「全民心驚膽跳，執政黨還吃豆腐，指在野黨不應質疑總統的談話。」細味這「吃豆腐」三字，已隱約含有「仗勢凌人」的味道了。

「吃豆腐」在中文裡的意思，好像還在擴大，不只是民國初年時說男人佔女人便宜的意思。西方人要學中文，其難處還不在什麼拼音系統又多了一套，其難處更在完備的辭典太少，想要知道「吃豆腐」為什麼是逗逗老實人使他難堪呢？這個來歷含義，根本沒有一本辭典可能告訴你。

當然，今天西方超級市場裡的豆腐，猶太人做的不少，還有北美洲人做的，日本人做的，西方人大都認為豆腐與筷子是日本文化，能知道豆腐是中國發明的，已經難能可貴，更何況想知道中國人「吃豆腐」三字中在搞什麼鬼，太不簡單。

有位教授鄭重地告訴我「吃豆腐」的來歷：豆腐店裡有位標緻的姑娘，許多輕薄者都想開姑娘玩笑，一天有位男士上門買豆腐，要買二大塊，姑娘切下第一塊，他伸右手接了，姑娘再切下第二塊，他又伸左手接了，男士再沒手可以付帳，只噘噘嘴說：「喏，錢在褲帶上！」姑娘一看那褲帶，是幾根稻草臨時做的，若一抽錢，褲帶會鬆斷，褲子會掉下來，姑娘緋紅著臉不敢拿錢，男士就為這惡作劇而得意。

我不能確定這典故來歷是否隨口編造？如果起源是如此，為什麼不叫「買豆腐」，而叫「吃豆腐」呢？「被吃豆腐了」顯然吃字有著重要地位呀。

「吃豆腐」可能起源於浙江吳語，在我家鄉，凡有喪事，出殯那天弔喪的人上午都趕到，就在中午開流水席，席中每道菜都屬於豆腐店系列，叫做「吃豆腐飯」，大概是受了《禮記・檀弓》「行弔之日，不飲酒食肉」的影響而吃素。為什麼全吃豆腐店東西？一方面是豆腐白色，與中國人喪家尚白色符合，另方面可能由於孔子說過「啜菽飲水，盡其歡，斯謂之孝」，菽是豆，各地流行喪家吃豆類製品以示盡孝吧？吃完豆腐飯才執紼出殯，來人越多，表示死者人緣越好。民間有專業為喪家辦豆腐飯的，喪家請來外燴，我童年時在農村吃過，筵席只三五道菜，豆腐為主，配以筍片、金針、木耳等，重油熱火，乘熱上桌，味道頗美。所以吃豆腐飯，能使參加喪禮者由垂頭喪氣轉而成為精神一爽。一道豆腐可以花樣百出，清末有位張錫鑾將軍，能將尋常豆腐烹調化至七十二品味，不知是否從豆腐席中學來的？

「吃你豆腐」在吳語中，最早是一句戲弄別人「輪到你死」的調謔話，調謔別人，多半以為自己佔到便宜，後來變成戲謔婦女佔便宜，現在又變成逗老實漢的把戲。有人說「吃豆腐」是北方話，是嗎？目前我所知這話最早出現在書本上，是民國初期魯迅的《阿Q正傳》，魯迅是南方浙江紹興人。

（二〇〇二年八月二十五日發表於《中央日報》副刊，未曾收入文集）

敲竹槓

「敲竹槓」是故鄉吳語，現已融入國語，流行全國。

敲竹槓是小小的敲詐，乃是「藉故欺人，抬高價格」的伎倆。家鄉傳說其由來是：在紙鈔通用前，用銅錢的清代，南方店鋪的收銀櫃兼保險箱，都用粗大的毛竹筒製成，毛竹筒打通三四節，像半截槓棒。筒側上端開一個扁孔，貯入每日售貨的錢幣，它像撲滿一樣，每晚打烊後，由店主打開竹筒的鎖結帳。我童年時在江蘇青浦縣章練塘鎮的老字號店鋪掌櫃處，還曾見過這種遺留的古董。

有家店鋪喜歡欺矇生客，看人才定售價，店主怕夥計們不明白價格如何浮動，約定敲打一下竹槓，便加一成售價。後來西洋鏡拆穿，大家稱之為「敲竹槓店鋪」，顧客走避，關門大吉。

「敲竹槓」是商場的陋習，它常是依附在「外地人不是人」的地域主義間，上海人將「人地生疏」的外地人，叫做「豬頭三」，是一句歇後語，古時敬神用豬頭、雄雞、青魚的「豬頭三牲」，「牲」雙關為人地生疏好欺侮的「生」，豬頭三是最佳敲竹槓的對象。另外一種叫「壽頭」，原來壽字以「士」開頭，形容很土，可以敲。又或叫做「阿木林」，林字在《醒世姻緣》裡代表「木木的」好欺侮。更有將外地人、外行人叫「洋盤」的，盤是珠算盤，代表價錢，洋人上門，價格加倍，叫做「洋盤」。

至今大陸上的名勝古蹟門票旅館等，視洋人臺胞是肥羊，收費提高不少，公然要別人做「洋盤」，還好像理所當然。還有去香港買東西，先用廣東話溝通幾句，就便宜許多，不會廣東話的外地人，只好買貴一點，就是此種遺風尚在。

「敲竹槓」除了因人而異價外，尚有因時因地而異價的，記憶中舊式店家到了過農曆年，年廿八、年廿九，價格一天天上漲，若是年三十去買，價格加到最高峰。越窮的人張羅到過年費用越晚，只好買最貴的，俗語叫「殺窮鬼」，是很殘忍的竹槓。

西方先進國家逢年過節，由於顧客多，商店可以大盤進貨，又因營業額高，相對的店員服務支出比例減少，成本降低，反而可以真正大廉價。越不敲竹槓，生意會越好。

有一次我去美國黃石公園，所帶的照相膠卷用完了，就在風景區內添購，發現與鬧市的價格相同，並不因地處偏遠而加價，出門時帶許多膠卷，是舊經驗告訴我的。在國內時出遊，總得帶許多吃的喝的，但先進國家人多的風景觀光點，吃的喝的樣樣全備，反而更新鮮，價格也公道。習慣帶大包小包的既不雅觀，又是累贅，也沒必要。都是敲竹槓經驗把我們教成那樣。

「敲竹槓」事實上是商業中落伍而短視的自殺行為，偏遠地方若越敲竹槓，遊客就自帶得越多。逢年過節，若乘機想敲一票，也壞了顧客們乘喜慶多多消費的興致。至於看外地來者就「欺生」，更違反了「童叟無欺」的起碼商業道德。臺灣進步得很快，推行公開標價有年，除非是想買「水貨」，進了黑店，被架著敲竹槓，大體上陋習已不多見了。被敲過竹槓的店，誰也不願去第二次，等著看它關門吧！

（二〇〇二年八月十一日發表於《中央日報》副刊，未曾收入文集）

9

「我用書」還是「書用我」

自來談有點程度的「讀書」，偏向指「考據」方面；談有點程度的「詞章」，偏向指「寫作」方面。日久分成兩途，營壘對立，相互輕視譏嘲，考據的笑寫作者「綺靡」，寫作的笑考據者「穿鑿」。其實寫作就像水流，寫成你的長江大河去吧；考據就像山嶽，累積你的挺立巍峨去吧。各自成就其崇高廣遠的山川，青峰白水，影照互成美景，各自努力就是啦，並不相妨的。

宋儒開始，主張考據訓詁裡要有「我」，汗牛充棟的經疏傳注，不如有我的新義迭出。到明人「我」字更膨脹，根本看不起訓詁考據，像王褘就說：「漢世儒者或皓首不能窮一經，汩於訓詁而昧其指趣故也。是故訓詁，經之糟粕也！」（《王忠文公集》）所以主張讀書治學只為得其指趣，讓自己「才不盡」而「文不躓」，令寫作一道能「勢有長雄」罷了。

到了清儒復興漢學，重拾訓詁考據，申證研覈，不遺餘力，矯正宋明儒者的閎侈與疏牾，但亦不能徒奉已陳舊的周經漢注，自然導引出「我用書」還是「書用我」的反省檢討。像彭兆蓀的〈讀書〉詩：

要以我用書，勿為書所絆。

主張在「書多語愁蔓」之中，不受困惑，不被嚇傻，要成為書堆中的韓信大將，書像兵一樣，在他的節宣調配之下「多多益善」，而建立功業。彭兆蓀的詩，我是在一九八七年從香港買回《清詩鐸》裡讀到的，正好和我的想法一致。

一九八五年二月十五日，我接受中國電視訪問，談〈讀書與寫作〉，當時我以為談讀書的結果「受用」或「不受用」，是指做學問有沒有「自得」與「發明」而言，「自得」是個人獨自的心得，「發明」是前古所無的答案。不是指讀書去通過考試或換取現實的功名利祿。我指出讀書有三個層次：第一個層次是覺得天下的書實在太多，眼花撩亂，書中道理太多太深，只能抓到一條算一條，搬出一些並未真讀通的句子，賣弄賣弄，一遇到相反的意見，就棄甲而走，自覺渺小無能。

經過這第一層次，第二層次是「我為書所用」——這個階段，讀書像做勞役一樣，查生字，作注解，擬綱領，畫表解，甚至擷要抄輯，考訂釋疑，能把書讀懂就大不易，潛心發憤，竭力應付，充其量只是傳述書中的意思，就以為是自己的心得。更有的人讀了一小半，就被艱深嚇住，像泥犁遇到了石田，欲振乏力，只好自然作罷；又有許多人應付不了書的壓力，攻堅無功，就逃避到一些荒誕不經的武俠言情之類的軟性讀物裡，由於消遣容易，也就埋葬了研經讀史的興頭。有些能力強的，思維有條理的，就用機械的方法，把內容弄成條例類別，或加以注釋重寫，自以為這種編排分析所搭成的架構，就是「著述」了，其實任你怎樣把舊有的材料變換式樣，簡化或繁衍，如果沒有新發現，解決老問題，你永遠是壓在五車書下面的僕隸苦力，精疲力竭也不會有真正的收穫。你注《莊子》，只是《莊子》的奴隸，你解《文心雕龍》，解完以後，自己文筆仍舊依然故我，為書所用的人，發明與自得都十分有限。

第三層次是「書為我所用」——經過前面「群言淆亂」、「故地盤旋」的兩階段，慢慢地你的思辨力與探索力漸漸穩固，開始有了主見，這時候你就能駕馭書籍，揮斥書籍，把知識綜合活用，發揮出力量來了。不過，你閱讀再博再廣，也總要有幾本紮根的基本書籍，作為你研治學問的發祥地。古時大將作戰，一定有一些與自己生死與共的子弟兵做骨幹，做學問也一樣，總有一些精讀的書，作為自己胸中的子弟兵，攻堅掠陣，都能死命為你效力，一遇困難，這些熟悉的子弟兵都會自動挺身出來，相互呼應，曲證旁通，把困難戰勝！（這段話在受訪後即載《空中教學》三六期，並收入《讀書與賞詩》）

我這段話所以能承接清人並總結前儒的反省檢討，是因為民國以來，漢宋的門戶既除，考據與詞章義理並重，不必曲從古訓，也不輕破舊義。而「我」亦常出故紙堆外，博稽實證，既能繼承絕學，亦須開創新境，所謂「古為今用」、「書為我用」就是這個境地。

現今電腦主宰一切，藏書買書日益少見，至於讀書用書也日益方便，但「自得」仍是其中最稀有、最珍貴的實物。讀書的人已經很少，讀書能讀有用的書，人數更少；讀了有用書而能用的人更少，能用之中還要用得不算刻板冬烘、囫圇吞棗，自然少之尤少，能用之中還要真用得靈活精妙，必然百萬之中少見一個，其間高卜各有層次，關鍵全在「自得」的高下深淺呀！下面附〈學貴自得〉一文：

學貴自得

我在臺灣時學習開汽車，測試一次就拿到了駕照，輕易過關，因為當時考駕照只測驗兩個項目：倒車入庫、路旁停車。所以去駕駛訓練班也只教這兩樣，並將這兩樣機械化地變成記住左幾圈駕駛盤，又右幾圈，只要快速通過考試就算達成訓練班目的。根本不曾正式上路，交換跑道，連加速減速都免了，更不談什麼停聽看交會車了，誰拿了駕照去開車，一切全憑自己造化啦。我拿了駕照，還曾向同輩朋友現一現，哪有心得？只見馬路上蛇行爭先，搶停車位，大車逼小車，小車逼行人，我哪敢上路，只聽別人亂形容：海峽兩岸開汽車，簡直就是強盜搶匪訓練班嘛！

我家么兒在加拿大上駕訓班，先從珍惜自己生命開始教，並教珍惜別人生命，以此為駕駛的核心價值。然後談車的構造及保養，再學駕車，並實際上路，上高速公路多少小時，轉肩、限速，務必切實，只要有一點點安全疑慮就不動車子，禮讓一輛腳踏車要以一輛汽車的寬度看待它，處處行人優先等等，都從珍惜人己的生命著眼，所以我坐在么兒駕駛的車上，和坐在用臺灣駕照所開的車上，一啟動一剎停，那種穩重安適的感覺都不大一樣。

有次我回臺灣，坐黃慶萱妻子謝德瑩教授開的車子，她也是臺灣駕照出身，但行車疾徐穩當，彬彬有禮。我就半開玩笑地讚許她：「畢竟是中文系出身，有傳統文化的素養，繼承《詩經》開車要有禮儀的精神，車開這麼好，可真難得！」謝教授正以開車安穩自許，看來是有駕駛心得者，只輕聲反問一句：「傳統裡也有開車教養？」我的話匣子就打開了，什麼周代的六藝：禮樂射御書數，「御」本當是「馭」字，就是將「馭」車駕駛看得和文字學、數學同等重要，駕車馬有「五馭」，什麼和諧中節、過位敬重、危險路段的屈曲安全、交叉路口迴旋的優雅、爭先逐禽必遵規矩等等，這些訓練都和禮樂合在一起成為考試的項目呢！謝教授自己善於駕駛，聽這些還不生反感。

到了慶萱家，我剛坐定，謝教授就從書房裡拿出厚厚的兩本《十三經注疏》的《詩經》來，問我道：「你剛才說開車有禮貌教養，是《詩經》裡哪一句呀？」

還好我教了幾十年《詩經》，隨手就翻出〈何彼襛矣〉這首，其中「曷不肅雝，王姬之車」兩句，說這輛王姬下嫁諸侯的車輛，騑騑翼翼，進退有節，既不出愛現的鋒頭，毫不具貴盛的囂張，讓沿途觀禮的民眾，都留下「謹執婦道，以成肅雝之德」的深刻印象。肅肅是敬重，雝雝是和諧，只是馬車馳過，鳴鑾交衢，如翔如舞，嚴正之中都帶著和樂，便會留下恭慤莊順的感覺給全國人民，這位駕駛及座主，可真是了不起！

我說這些拉雜的故事，是想說明：我如此引用《詩經》，是我在用書，即使如此去注釋《詩經》，仍不是書在用我，我沒有做書的奴隸。即便老調重彈，不避冬烘，或是不顧理論與實行的差距，但我是將周代的書，滲雜中外古今的駕馭情況，一并活用到今日實際的生活細節裡，乃是我在用書。如此便可以明白：「書用我」還是「我用書」，界線就在你有沒有一些「自得」？我在常見的詩篇中，每每有一些特別的見識與心得，也算是自得了。

如果沒有「自得」，也熱心去註解翻譯古籍，別說你去用書，連想書來用你，也未必吃力討好。以前很多人勸我，把《易經》語譯成白話，讓大家都懂，我只是笑笑回答他們：這哪裡是容易的事？譬如語譯坤卦六五的「黃裳」，譯成「黃色的裙褲」，大致正確。若隨手譯成「黃色的衣裳」，就多此一舉，比不譯還糟，在《易經》裡可能造成錯謬。因為「裳」是下半身的，由坤卦來象徵，「衣」相對「裳」時，是上半身的，由乾卦來象徵。整個坤卦☷六爻裡根本不見乾象，只有「裳」，不能通稱為「衣裳」的。

《易經》裡也有「衣」字，既濟卦六四有「衣袽」，既濟卦☵是由泰卦☷的乾二上升至五爻，與坤五交易，才成既濟。一成既濟卦，原本的「乾」是衣者，就敗裂不成「乾」了，所以說是「衣袽」，袽即是「敝衣」，衣破掉了。可見說「衣」本須有乾象。把「黃裳」隨手語譯成「黃色的衣裳」，根本不合《易經》的深奧微妙。這樣無知地替《易經》做無謂的苦工，是做白工，不但成了書的奴隸，還對經義有害無益。要替《易經》做語譯，必須明白《易經》是一部字字不虛設，字字不能增減的書。

再舉個例子，熱心語譯《易經》，若把同人卦九三的「三歲」隨手語譯成「三年」，也是多此一舉，不但多此一舉，還表示你還沒進入《易經》的門呢！語譯別的書，三歲可以譯為三年，語譯《易經》爻辭則十分不妥。

因為《周易》說「歲」，是指繞日一周，繞天上的星行一次，日為陽，且都取象於天，所以「歲」是乾象。若譯成「年」，年是指年穀一熟為一年，禾穀豐登叫做「有年」，且以月會十二次，月為陰，皆取象於地，所以「年」是坤象，乾坤大有別。同人卦☰根本不見坤象，只能說是「歲」，譯成「年」就不妥。

《易經》裡說「年」的地方不少，你去查查，卦裡都有坤象。就算既濟卦☵九三說「三年」，也是由於既濟卦由泰卦☷來，二乾爻上克五坤，原本有坤象，經歷三爻方克，所以說「三年克之」，若沒有坤象時不能說成「年」。整本《易經》裡處處是玄機暗藏，古人形容成「仙骨連環」，想用白話簡單說明，哪裡是一知半解的人所能勝任？

所以就算同樣去注經，效果是「書用我」還是「我用書」，成敗關鍵就在有沒有「自得」？「自得」的深淺夠不夠？有自得就有發明，有自得發明，才能做到「梳櫛之中有新義」。沒有「自得」的人也去注解語譯，像不會駕駛的人也開車上路，弄不好會摔爛了車子，傷了自己，也貽害了別人。

寫到這裡，不免想起一件帶點遺憾的往事，一九八七年我在《中央日報》副刊發表〈學海撈針說成語〉，末尾說：「想要復興中華文化，編一本高水準的漢字辭典總是必需的基礎工作。」那文章可能感動過某些書局。顏元叔教授就打電話給我說：「我們倆個來編一本大辭典，中文部分你負責，外文部分我負責，如何？」

顏教授那時已任職正中書局，我還沒問是不是由正中出巨資要編？也沒問是何等規模的辭典？當時直接的反應就是「我不想為書所用」，編一部大辭典足夠消耗你的下半生，消耗得無影無踪，可能還不夠。我有機會只想「我來用書」寫文章，和史蒂芬・李考克的想法相像：「我寧願先寫完《愛麗絲夢遊仙境》，而不願先寫《大英百科全書》！」所以很直截給顏教授一個推拒的答案。要編大辭典必須發極大的狠勁，他興起如此雄偉的願望，卻被我洩了一半的氣，沒見下文，真是抱歉。

現在回想，當時的見解也屬偏，一部大辭典，若是真能改掉轉錄販抄的便宜路線，一一查明究竟，詳探出處，克服萬難，在在有新見地，糾正舊錯誤，稱得上好辭典，這對整個文化貢獻鉅大，就不能單以「我為書所用」去衡量其價值了。

10 命題是個大學問

發表論學文章，命題是個大學問，命題有其周延性或局部性，是首先該注意的。不能以偏概全，也不能稱全廢偏。例如我寫《我怎樣做學問》，只是敘述我這樣做，並不是要求別人都應該這樣做，就是希望不以偏概全；我寫《形聲多兼會意考》，只能說多兼會意，因為有例外情形，不能以為形聲皆兼會意，更不能誤以形聲即會意，等於會意，就是希望不要稱全廢偏。其次才是題目字數不要太多，意要周匝而簡要；主旨必須標出，重點新穎而吸睛。下面舉〈誰說金縷衣就是金縷玉衣？〉一文：

誰說金縷衣就是金縷玉衣？

我的《中國詩學》增訂本在大陸出版簡體字本纔數月，看到單一的「當當網站」上就有八百餘條佳評，另一「京東網站」上也有一百八十餘條佳評，如此受到熱情的愛護，衷心十分感謝。但亦有一位北京某大學的教授，短期內在部落格連發三篇批評文章，我也感謝他給大家有討論的機會。

他的另兩篇文章，已在本書談及，第三篇題目是〈金縷衣跟金縷玉衣一回事嗎？〉我想大家一看文題，就能判斷：當然不是一回事。單就題目，作者就站穩了獲勝的位置。

接著文章說：「長久以來，一直有人把金縷衣跟金縷玉衣，當做同樣的東西。持這種看法的，也有臺灣學者，例如黃永武《中國詩學：鑑賞篇》〈自序〉云云……」好像我長久以來都認可金縷衣就是金縷玉衣。

最後他結論說：「希望大家在讀杜秋娘〈金縷衣〉以及其他唐詩的時候，不要一看見金縷衣就聯想到漢墓裡的壽衣，或者直接認定它便是金縷玉衣。」

這樣的結論，連我都會舉雙手贊成。論辯如果用如此命題、如此推論、如此結論，當然毋須辯解已非贏不可。

早在先秦時代，就有「白馬非馬」的辯詞，假如題目列為「馬跟白馬是一回事嗎？」接著認定黃永武主張「一說馬就是白馬」，最後結論說：「希望大家不要一看見馬字就直接認定是白馬。」這樣的三段推論橫豎都是穩贏。

贏是贏了，但他的問題出在哪兒呢？就在命題的偏與全上。我只說：金縷衣有作壽衣金縷玉匣的可能性。「可能性」是指部分的「偏」，而這位教授將它誤導成已「直接認定」的「全」了。

我只說有可能性，三四十年前，臺灣有位杜若先生曾反對我的說法，認為沒有「可能性」，大意有兩點：

第一、杜秋娘對著暴戾的主人，怎麼敢唱出壽衣來？

第二、古人極重忌諱，不吉祥的歌詞適合在酒筵前唱的嗎？

當然還有些別人也起鬨，理由都不出此兩點。我針對這兩點，說第一點是因為史料載主人「李錡長唱此辭」，他愛聽，要杜秋娘常唱，這與杜秋娘敢不敢唱不產生限制性。說第二點古人會不顧忌諱在酒筵上唱「壽衣」嗎？我便舉白居易的〈狂歌詞〉，用這個例外的「偏」，來破解他斬釘截鐵說「沒有可能性」的「全」，白詩是：

明月照君席，白露霑我衣。勸君酒杯滿，聽我狂歌詞：五十以後衰，二十以前癡，晝夜又分半，其間幾何時？生前不歡樂，死後有餘貲，焉用黃墟下，珠衾玉匣為！

珠衾玉匣就是指棺材裡的玉匣金縷衣！這首〈狂歌詞〉就在「勸君酒杯滿」的酒筵上唱的！根本不發生顧不顧忌諱的問題。死後壽衣豪華成珠衾玉匣金縷衣，還不如生前歡樂！所以「生前不歡樂，死後有餘貲」兩句猶如「勸君莫惜金縷衣」，「五十以後衰」等四句，猶如「勸君惜取少年時」。此詩與杜秋娘所唱，幾乎機杼一致，內容髣髴類比。

再考查白居易詩集的第一首詩〈賀雨〉中，說「二年戮李錡，不戰安江東」，李錡死於元和二年（八〇七），白居易當時是三十六歲，而這首〈狂歌詞〉推算起來作於長慶三年（八二三），離李錡被戮剛十六年，李錡與杜秋娘唱的歌辭，對白居易來說應該是當代與聞、印象深刻、感慨深長的。而白居易詩中的「珠衾玉匣」也是另一種型制的金縷衣。詳細的比對，可參見拙著《讀書與賞詩》。

我增補《中國詩學：鑑賞篇》時，在「以考據故實為鑑賞」中簡舉此例，未再詳引本末，特加了「詳見拙著《讀書與賞詩》及《珍珠船》洪範書店出版」的說明，以備參照，臺灣的讀者數十年來早就熟悉。但大陸簡體字本新近發行後，大陸的教授或讀者未必容易讀到洪範書店的書，不明白這些考證資料。再加這位教授將我說的「作壽衣解也不是沒有可能」，改為「杜秋娘詩中的金縷衣就是壽衣金縷玉衣」，將「可能」的「偏」改為「就是」的「全」，稍一扭曲，幾乎會成冤獄。

我自始至終沒有認定「金縷衣就是金縷玉衣」，只說「金縷玉衣是金縷衣的一種」，所以「有作金縷玉衣解的可能」，這問題在三十多年前早已定案。在一九八三年九月出版的《唐詩三百首鑑賞》中，我說杜秋娘所唱的〈金縷衣〉是：「全詩的大意在勸人把握住現在，把握住青春，把握住有生命的東西，不要一味寄望於將來，忘了及時行樂，更不要為了許多身外之物，只去珍惜與生命無關的錦衣華屋。其中雖然也寓有『少壯不努力，老大徒傷悲』的感慨，但並不著重於功名利祿的及早致身，而著重於生命流失的及時愛惜。」

並在「註解」及「作者介紹」中，我說這詩的題目，是沿用《樂府詩集》卷八十二的〈金縷衣〉。因為收錄本詩最早時的題目是〈雜調〉，作者是「無名氏」。到了杜牧《樊川集》作〈杜秋娘〉詩，下注有「李錡長唱此辭」。所以《樂府詩集》誤以為是李錡作。杜牧只說杜秋娘「唱」〈金縷衣〉，《唐詩三百首》變成杜秋娘「作」〈金縷衣〉詩了。

「註解」中詳說金縷衣在唐人詩中有四種意義：

①是壽衣。沿用前人金縷玉匣的制度，如權德輿的〈挽歌〉：「初笄橫白玉，盛服縷黃金。」

②是宗教中的金縷僧伽黎衣或仙女的「天女倒披金縷衣」（歐陽炯詩）。

③是歌妓的華衣。如許渾的「猶夢玉釵金縷衣。」

④是作一般華麗的衣服。如閻選詩：「半拖金縷衣」。

我在「註解」末特別說：「本詩中作一般華麗的衣服解較為順當。但若作壽衣解，則以死後的榮寵，遠不如生前的行樂，也是可以通的。」我這兒的註解，是由一九七七年中外文學五卷十一期〈金縷衣、說從頭〉拙文的簡摘，該文將《全唐詩》的金縷衣全部歸納一遍，該文較詳，收入《珍珠船》，所以我在《中國詩學》增訂本的序文裡，請想知詳情的讀者可參閱《珍珠船》。

當然這問題的爭辯起始得更早，大概在一九七三、七四年左右，距今四十年了，一開始我就主張「不能排除將金縷衣解作壽衣的可能性」。「可能性」三字極重要，金縷衣在唐代有「同名異物」的可能，「可能性」不是「等同性」，就像馬可能是白馬，但馬不等同是白馬。

這位大學的年輕教授也提出一點新的想法，他質問道：「在證明筵宴之上可以唱出壽衣的同時，卻也于無意中提供了不利于自己的證據，白居易詩中所用的稱呼壽衣的詞語，是「珠衾玉匣」而不是『金縷衣』或『金縷玉衣』，不免有『搬起石頭砸自己的腳』的尷尬。」

回答他這個問題，倒一點也不尷尬，金縷玉匣、玉匣、玉衣，古籍中出現不止二十次（詳見《珍珠船》），玉匣、玉衣都用金縷穿成，乃是異名同物，可以用「金縷玉衣」來總稱。《漢書・霍光傳》：光薨，上賜珠璣玉衣。顏師古注引漢儀注：「以玉為襦如鎧狀，連綴之以黃金為縷。腰以下，玉為札，長尺，廣二寸半，為甲下至足，亦綴以黃金縷。」就足以證明白居易詩中的「珠衾玉匣」，等同前述〈霍光傳〉的「珠璣玉衣」，都以黃金縷連綴，都是金縷玉衣。而《西京雜記》中的「蛟龍玉匣」也是金縷玉衣，在杜甫詩裡就省稱為「蛟龍匣」，如「風送蛟龍匣」（〈哭嚴僕射歸櫬〉詩）、「零落蛟龍匣」（〈故司徒李公光弼〉詩），所以「金縷玉衣」寫進詩裡省掉玉字，不是不可能的。

11 勤做箚記，我最喜將古今奇事相印證

做學問時隨著每人不同的性情，會留意不同的角度與角落，精神會在那些角度或角落特別警醒，提供不少問題在心頭。最好將這些問題一個個簡摘成條目，存在各別箚記中，讀書時每遇可能涉及的材料，就加以登錄，東一條，西一條，靠平日彙集累積，不會遺忘，也不必臨時東翻西查，到應用時隨手即得，猶如夙構。

就我而言，對每個中國字都敏感，對每個出典都有興趣，對每逢佳句都牢記不忘，對古代的奇事，若能與今日相印證者，更享用此份古今呼應之樂。下面先介紹一些古今相同的奇事，分列為〈烏念阿彌陀佛〉、〈白鹿仙藥〉、〈石紋奇字〉三文，都是先由箚記而後的產品：

烏念阿彌陀佛

我很少去迷信鬼力亂神，但對古書中較為奇特的事物印象深刻，一定留心錄存在箚記中，以備來

日探究，這叫做「積學以儲寶」，臨到要用時一呼即來，為你效命。許多今日報導中嘖嘖稱奇的新聞，可能古代早已發生，也可能古代還疑信參半的記載，今日方明白緣由，我常以這樣的恍然有悟為讀書一樂。

我在國家圖書館善本室裡讀明代善本書，在天啟年間刊刻的來復《來陽伯集》中，讀到他遊玩北京的萬壽寺，聽到樹上的鳥叫：「阿彌陀佛！阿彌陀佛！」

他說：鳥呼喚這四個字，「真如人語」，細審這鳥聲專誠而幽靜，他就為這「悟法慧羽」寫了一首詩道：

> 阿彌陀佛，聲亮不吃，淨域是依，以避矰罻，願力所攝，何擇異物……

他稱讚這鳥念阿彌陀佛，聲音清亮，咬音很準，不含糊口吃，這鳥選擇佛寺棲息，依賴這清淨的領域，以避開弓彈網羅殺生的紅塵，一定是牠具備與人共修的願力，願力與佛性是眾生皆有的，不因為是禽鳥就少了佛性。所以來復特別稱呼這鳥是「悟法慧羽」。

我記錄這詩在一九八九年，後來我寫《詩香谷》及《中國詩學：思想篇》增訂本也曾提及此事，那時我還以為這是特殊的鳥，鳴聲天性就像「阿彌陀佛」，但究竟是何種鳥類天生猶如佛經裡的「妙音鳥」會念佛的呢？成為一個疑問。當時心裡想：鳥的叫聲像什麼，還不是人自己去界定譯音的嗎？

「不如歸去」啦，「行不得也哥哥」啦，「破褲破褲」啦，大概鳥鳴如「阿彌陀佛」也該如此一例看待的吧？如何能「真如人語」呢？

但到了二〇一三年，事隔二十三年，臺灣法鼓山臺中西屯分院，傳出「法鼓影音新聞」，由果理法師、常超法師宣稱：該院中的三隻斑文鳥，其中一隻取名「寬大」的斑文鳥，口中念念有辭，常是「阿彌陀佛」，有時四字連續念，有時一字一字分開念，抑揚頓挫，咬字清晰。法師也認為是眾生皆有佛性，此鳥可能是在念佛共修。野鳥學會的人也認為斑文鳥幾乎不會學人話，而如「寬大」的發「阿彌陀佛」聲如此精確動聽，一如人語，的確令人驚奇。

我聽罷這段影音新聞，親聞鳥語，這時古今兩事發生了呼應。明代來復聞鳥念「阿彌陀佛」也是在佛寺裡，而這法鼓山分院中的斑文鳥，是二〇一二年夏天颱風過後，劫後的三隻孤雛，由佛寺眾人以電燈取暖，餵食營養，細心照顧才長大的，小鳥在念佛聲中長大，後天環境居然可改變鳥的口音說人話。法師們說鳥有善的種籽，種籽要有好環境才能發芽。又當作「有聲的交流」、「讚歎的奇蹟」，自有佛門的觀察詮釋角度。我則深深以古今的見聞相互呼應證實為趣談。

明代來復因為朋友約遊，偶在寺中園樹上聞鳥聲大感驚訝而寫詩，說鳥依棲寺廟，並能自飲自啄，自由飛翔，並不明白這鳥的種類及其身世，今日有了法鼓山影音新聞的錄影錄音，又詳述此鳥成長過程，才想起明代會念阿彌陀佛的鳥，可能也有相同的身世，自幼雛即由僧人飼養，日日聽念佛聲長大，才學會了人話，這才解開了我二十多年的心頭迷惑。

白鹿仙藥

我為敦煌曲〈鬥百草詞〉作注釋時，中間有「不怕西山白，惟須東海平」兩句，由於曲末有「喜去喜去覓草，覺走鬥花仙」句，明白這些覓草相鬥的「達士」（略脫名利，優游閒暇，無事時鬥草採藥，祈望長生之人），最期望的就是闖入雲林深處覓草時，將兩位正在鬥草的仙人驚覺散走，遺留下遍地鬥罷丟撒在地上的神仙奇草，拾取回來。

顯然這「西山白」和「東海平」指的是帶有仙氣的藥材，指仙人鬥草罷遺棄在地上的珍品。一直到明人陳子龍在《陳忠裕全集》卷二十四中寫〈為安樂公主五月五日鬥草檄〉：

> 語恨則美人之貽；徵奇則神仙所拾。降帝子於北渚，沅蕙澧蘭；攬玉女於西華，秦葭晉杜。

也正是形容帝子玉女，群仙下降相與鬥草，在端午節時各出珍奇的蕙蘭葭杜，這些鬥罷留下的仙草，形容為安樂公主鬥草時所拾得，所以百鬥百勝。可見覓拾仙草的遺說至明末猶存。

那麼「西山白」究竟是何種仙藥材呢？遍查中國植物書，無論同名異名，都沒有「西山白」草，後來看《藝文類聚》卷七十八引梁庾肩吾〈道館〉詩：

仙人白鹿上，隱士潛溪邊，試取西山藥，來觀東海田。

看來東海的淥水三變成田亦為神仙藥草所生地，而西山藥材，可能指西山的白鹿茸了。再看卷七十五「疾部」引梁簡文帝〈答湘東王書〉：

吾春初臥疾，極成委弊，罷西山白鹿，懼不能癒。

才覺西山白，可以相信確指西山白鹿，是罕有的靈藥，若以西山白鹿為藥材仍治不好，那便是不治之症了。至今鹿茸仍是中藥材中名貴之品，端午鬥草時，鹿茸藥材也可列入相鬥。

傳說中將全身純白的鹿，看得很神奇，《述異記》裡說：鹿活了一千年就全身蒼灰色，活了一千五百年全身純白色，活了二千年，全身烏黑。漢成帝時出現烏黑的鹿，誰吃了烏黑的鹿，就像仙人一樣，可以活二千歲。把白鹿神化了，誰也沒活過二千年，誰也無法證實這話。再則如《瑞應圖》裡也有白鹿。說黃帝時代西王母的使者是乘著白鹿來獻吉祥的美符「白環」。《穆天子傳》裡也有白鹿迎著天子騎乘而來，這些神話都仙化了白鹿。後來的道家常稱鹿為「仙獸」、「能瑞之獸」，白鹿更稀有，白鹿才入了仙藥。

當我到了西方世界，知道他們神話中也有白鹿，稱為「幽靈鹿」，在西方漫畫中是出名的「卡士柏」。直到二〇〇二年十一月十五日，有隻白鹿在加拿大魁北克省北方山林中被射殺，我才知道全身純白的鹿也是現實世界中的動物，由基因突變而毛色全白，機遇率乃萬分之一。在鹿群眾多的地方，有可能見到的。

此後我若再讀古書，在《晉書》裡有陶淡侃的孫子，十六歲絕食辟穀去修仙，曾得到一匹白鹿來馴養，常常牽鹿雲遊。白鹿讓他增添仙氣，原來並非神話。在晉人袁山松的〈白鹿詩序〉中寫到荊門山臨著江流有壁立百丈的峭石，北岸曾出現白鹿，行人想去追逐，白鹿就奔跳帶飛，超崗而去。這傳說也可能是真的，中國在晉代時大概鹿群仍多，猶可見萬分之一機會的變種白鹿。只可惜古來缺乏保護野生動物的常識，愛吃烏黑的鹿，以為可以長生，吃白鹿茸以為是仙藥，鹿群在中國已不常見了，加拿大在二十一世紀出現的白鹿，讓我貫通了古今、中外、與仙凡的事理，就長期以來謎底懸而未決的昏迷而言，這遭射殺犧牲的白鹿，正如一帖解醒的靈藥。

石紋奇字

是我太好奇？還是世上稀奇的事原本就很多？

日前見報載大陸上貴州省平塘的掌布河峽谷，在寬廣的峽谷中凸現一塊巨石，這巨石被震裂為二，中間相距可容兩人，在裂開的石頭紋理上，出現文字，寫著「中國共產黨」、「八一」、「小平」、

「石」及其他像唐宋時西夏文字等等，據幾位專家的推斷：可能是外星人拜訪地球時留下的神秘天書。附近還有許多恐龍蛋的化石群……

我無緣前往貴州一探究竟，也不確定這篇報導與事實有多少落差？我想石紋上出現「八一」、「小平」等類似簡單筆畫的文字，是常見的，但有「中國共產黨」這般複雜又連續的字詞在一起，即使是巧合，也就太稀有。至於扯上外星人，好像僅止於猜測而已。報上說「中國共產黨」五字，國與產都是正體字，「黨」字筆畫太多，石紋寫成「党」，從前舊有的簡體。報上有照片為證，相當清晰。又說五字後面還有個不清晰的字不可說，不可說。若有興趣，恐怕要親赴平塘縣桃坡村的掌布河谷「藏字石風景區」去仔細勘讀了。

然而此種不可思議的事，並不只有今天才發生，我想起清代光緒末年開闢粵漢鐵路，經過花縣的丫髻山，還沒到大逕橋一五〇〇公尺附近，築路工鑿開巖石，裂開的石頭上就出現「福祿壽」三個大字！當時的詩人就很驚訝，覺得和古代傳說的「河出圖，洛出書」一般的神奇，便寫下了「不知氣凝為石是何年？石成為文是何日？」的句子，認為這是「天人合撰結構成」的靈異事跡。

「字皆大如斗！」見過的人形容說：「這山是張之洞相國在開築工程，又是故相駱文忠的發祥地，才有如此的『異瑞』。」

光緒三十四年（一九〇八）四月二十五日，名詩人易順鼎一聽說有此奇事，特地乘火車去看，看後「驚喜贊歎」，並寫下「石文福祿壽歌」，歌道：「我來停車不畫腹，福祿壽字皆可讀，天公有意饜流俗，使傳萬口昭萬目。」詩見於臺灣中華書局印的《晚清四十家詩鈔》頁一〇四，「停車不畫腹」可能是說不待畫餅充腹，忍著肚餓就急著去探看究竟，一看原來福祿壽三字皆清楚可讀。想必真有其事，與現在貴州出現的石文一樣，乃屬天成，絕非人工偽造，但不久清廷君死國亡，哪來的什麼「異瑞」啊！

或許有人會問：今日剛發生的新聞，你是如何與古書上記載的對照呼應呢？你提出的答案，都是辭典及類書中無法解答的，以今日的電腦資訊檢索，也搜尋無門，臨時去查書，學海茫茫，去哪兒查呀？我說這是全靠平日勤做筆記，過目才不會忘掉，奇特的事，常在心眼，方能一觸即及，令人驚訝地古今對上了。

就我記憶中，還有兩件不可思議的事：一是我出生的那年，家父在督導淮河的疏濬工程，有一天發現淮安城中的烏鴉全不見了，隔天報載烏鴉與蜜蜂在山東上空大戰，烏鴉用利嘴啄死蜜蜂，蜜蜂則爬上頸背去刺瞎烏鴉的眼睛。滿地烏死蟲僵，連千里外的淮安烏鴉也受到徵召上陣，下一年即爆發小國對大國的中日之戰。

另一件是在我讀小學六年級時，報載徐州附近青蛙與青蛙大戰，每隻蛙嘴啣一根硬樹枝，以尖銳部分頂刺對方的肚子，遠近青蛙齊集廝殺，頭足相牴，密如群蟻，直撐到肚破腸流，蛙屍遍野。下一年徐蚌會戰，是中國人自相殘殺最酷烈的一年。

我不知道這些報紙報導是否有失真處？但像青蛙的異象，於一九一三年三月在北京也出現過，羅惇融的《賓退隨筆》裡也說是南方革命軍的「兵象」。凡此種種，天心人事，很難解釋，也不必去附會，也許動物界自有戰爭，與人類不相干，只為好奇，都記下一筆。

（本文曾刊於二〇〇四年一月十一日《中央日報》副刊，未曾收入文集）

12

博能抓要，勞後建功

做學問在「博」中能抓住「要」，在「勞」後能建立「功」，才有成績。「博」的毛病是不夠高深，如果不能抓住「要」，就不能集用於某一方面，如此做學問，容易神遊無著，到老尋不著歸宿。「勞」的原因是費在「搭架子」、「套模子」、「炒冷飯」、「東引西引，抄來抄去」上的心力太多，所以會做這些勞而少功的事，是心中實無所得，誤以為編個「著作」的虛架就算自己的功業，胸中並不是真有主張。「勞」而要能建立功業，一定要自己有心得，不然，毫無發明，終其一生，只在編排一些前人的話，而精疲力竭，一事無成。

下面附〈我寫《形聲多兼會意考》〉一文：

我寫《形聲多兼會意考》

這是我寫的第一本學術著作，二十八歲時的碩士論文，碩士班兩年畢業，除了課業外，還得自己張羅生活費，因而時間很迫促，後來一有課業空檔，即去南港中央研究院讀一兩百種明清人文字訓詁方面的書，當時交通轉車極費時，耗一整日，僅能讀數小時，每日殫精竭慮，無法兼顧生活費的張羅了，兼課及家教全免，只好向南港在臺灣肥料公司任職的陳進同學借貸度日，陳同學很大方，按月從薪水中撥出部分借給我，共借了一萬多，對窮學生來說，這是當時的大數目，他教我心不二用，專力研究。

原以為畢業後有了工作即可歸還，沒想到畢業後深造或教書兩頭落空。而陳同學這時忙著留美出國，我就得四處求借來償還，這一年黯淡的日子不好過，但痛苦還是有了代價，這篇初試啼聲的碩士論文，五十年來一直列為文字學中的常銷書，有人編《形聲義大辭典》，也以它為重要依據。而且在二〇〇〇年汕頭大學的曾昭聰教授，發表了〈黃永武《形聲多兼會意考》述評〉，認為此種聲符的示源功能研究，是漢語語源學研究的重要課題。在二〇一〇年，輔仁大學的李添富教授發表〈黃永武先生《形聲多兼會意考》申議〉，認為本書的論述明晰簡直、博綜古今，更能列舉諸家理論之不足以及修正改進措施，使形聲載義的理論發展與運用，達到前所未有的圓滿境界。凡此點點滴滴的榮譽，確實是打從血汗中來的。

張高評教授在南華大學的「黃永武學術研討會」上，介紹我的成就時，第一條是「博觀約取，推陳出新」，即舉本書為例，下面我就談談這書的寫法，是如何從「博」中抓「要」吧。

第一章備述前人之說時，採取的態度是「綜覈舊聞，撮陳體要」，重要各家，不能遺漏，各有創見，都需提及，但要言不繁，理出條理的正緒即可。張教授說這是對於文獻的搜集、資料的梳理、論點的取捨，並斷決於己意方面，要求自己做到「博觀厚積，能約取而薄發」的工夫，正是當時我寫論文的理想目標。

第二章彙集前人所創的條例，採取的態度是「理有創獲，必著遺美，義可互參，毋捐葑菲」，上從宋代右文說，下至今人楊樹達所釋，希望不遺失每一個前哲的心血結晶，又能並列觀察各家異聞的「通昧」，只要意義上有相互參考的價值，即使有些不對，也要錄下他部分對的地方，他們大抵是隨手起例，並非徹底歸納，故有取義甚偏者，亦有一人兼二說者。而形容事物，最常見者為「大小」，但大小有數量、體積、光亮、老少、身分、勇懾、精粗……各方面之大小，或歎美、或豔羨、或驚異、或惋惜、或厭惡、或拘限、聲情不一，故可出於不同聲紐以形容其情狀。總計共有一千零十五例，數量龐大，只能用最精簡的文字表出。如此「博觀約取」後，依聲紐比排牽聯成簡表。實際上我在南港博覽諸家典冊時，筆記不知抄錄多少，書中都讓資料隱身幕後，省略沒用，不然聯篇累牘，販抄而已，會讓自己的創見掩蓋不彰，何必呢？當然，抄錄的工夫也不會白費，後來寫《訓詁學概要》，剛好需要用，派上了用場。

第三章便是申述自己的創見了，採取的態度是「運用先哲已然之理，證成諸家未發之奧」，張教授說這是「問題意識由接受、借鏡、激盪、生成，直到『發用』的心路歷程。亦唯有先具備『博觀約取』的工夫，才有可能推陳出新，創發開拓。」這話非常中肯，對初學的人來說，正指示了做學問時登堂入室的梯階所在。我在列齊了前人的陳言以後，才能明白哪些字根是前人都沒觸碰摸索過的角落，想「發前人之未發，言前人所未言」，必先列出此一千零十五條，然後將前人沒談及的拿來作為我自己研發開拓的重點，論文指導教授曾對我說：「你能創發十條，就是合格的碩士論文了。」結果我寫了一百條才放筆，謄寫時自己刪剩九十三條，所得的條理答案，自信都是「前古所無」，創始自我的。

最後一章作了結論，並列成一表，說明形聲字的全貌，其正例必兼會意，其餘字根假借等項，亦自有跡可循，這結論似乎可將形聲字作圓滿交待了。

當然，這篇論文發表五十年來，不同的看法也是有的，如大陸上有學者統計全部形聲字，認為兼義的僅百分之二十五，不兼義的佔百分之五十六。我想此種不正確的統計數字，可能來自分析音義關係時不得其法，例如「古」字若從「久遠」義找，就是少數；從「中空」義找，就是多數了。形聲字的正例兼會意，形聲字之變例中，如聲母為假借者，所兼假借字根之義，亦非不兼聲義者，只是不能直說其義。我當時舉了近一百例，不是專挑容易說兼義者來研究，而是專挑前人研究所未及者，其取樣方式等於是專找不常見的例子、較難的例子，而經我的分析，百分之八、九十都能符合。只可惜限於時日，迫促成稿，不曾全部歸納完畢而已。

另外就是西方學者所主張語言符號的「任意性」，遠遠超出「兼義性」。其實就像「蔥」聲，可自「中空」、「叢聚」、「青色」三個觸發點引申取義，引申本來就有可遠可近的「任意性」，然而「任意性」其起亦必有因，有因則兼其義。即使以聲命名者，其起亦必有因。再者語音之起不是一地一人一時，同一名物，取義各點有相同有不相同，西方文字因多國混合，不如中國文字較少混雜。中國文字如因印度「缽羅娑禍羅娑禍」之傳入，中土譯名成「珊瑚」，從冊聲從胡聲皆無所取義，即此一例，可知西方文字裡音譯異域名物者多矣雜矣，原貌難究，必然形成「任意性」遠遠超出「兼義性」的結論，非不兼義，只是兼義難尋罷了。

因此，我仍覺得自己這篇論文，其論點至今依然屹立不搖。

我如此不以引用別人的捧場文章為可笑，並不是只為了替自己顏面上貼金，而是要忠告許多初入文史研究之門的人，第一步踩出去，慎勿掉入「搭架子」、「套模子」、「炒冷飯」、「東引西引，抄來抄去」等最容易害人而自己還不明白的陷阱。

介紹四種陷阱：

㈠搭架子：

將「編排」當做「著述」。誤以為分章分節分類編排得有系統、有條理，看起來目錄堂皇，摘錄眾多，編者就以為是著者。一路走來，僅是將舊有的書重新換格式，重新再排比，排比久了雖省力但乏味，慣了便喪失探索的能力，看不出其中的舊矛盾，更看不見有什麼新問題可以開採發掘或試著解決。仔細一讀，除了剿襲成說外，只能說搜採尚豐。能不去搬弄一些自己也不懂究竟的資料，算是老實的了，這樣的「著作」除了空架，實質上一無進步，一無所有。

(二)套模子：

看別人研究蘇東坡時搭了如此的架子，自己模仿去研究黃庭堅時，連架子都省了搭，拿黃庭堅往蘇東坡裡一套，新題目依樣葫蘆往舊架子中一套，如此省事省力的取巧結果，自己連一點基本創建的功能都省略掉，思辨力全被剝奪，還在慶幸簡捷，如此也號稱研究，怎可能有一天「前修未密，後出轉精」？

(三)炒冷飯：

前人彈過的老調，你再來彈一遍，重複居多，改易極少，所有問題仍在原地打轉，不曾解開一個，也不曾跨前進步分毫。《形聲多兼會意考》如果只有第一章略史、第二章彙例，即使介紹得十分詳細，雖不曾搭架子、套模子，充其量也只是炒冷飯。心無殊識，言無殊聲，翻來覆去，滿嘴仍是前人的舊材料，傳達別人說過的話而已。幸好第三章的「示例」，展示自己的詳密想法，所證都出乎舊筐之外，全是新鮮自採的果實，有了那些聊可稱為「自得」，才不算是炒冷飯。

(四)東引西引，抄來抄去：

誤信「天下文章一大抄」，「抄一個人是文抄公，抄十個人就是著作」，「只要抄襲處令別人無法探知就算原創」，相信這些話只能欺騙自己於一時，自己內心最堅信不移的事實，那就是明白這些見解並不真屬於自己！學術的莊嚴一失去，內心怎麼可能產生治學豐收的快樂呢？學問靠漸漸「自悟」來累積，大段大段的引用抄販，好像可以「速悟」，徒然使自己粗浮散漫，不肯腳踏實地，日久連好奇求知的絲絲靈性也被摧毀殆盡，只依仗引抄，甚至從哪兒抄來也搞不清，一生落入「博而寡要，勞而少功」的苦海，自覺虛假無能，並自覺「著作」拿不出手，只能唬唬外行，見不得高明的眼睛。

當然，學術著作中「引文」是必須的，也是少不得的。必須記住「取精用宏」四字，引取要引取得精當，不夠精闢就不輕引取，可引四句就不必一段，可引兩句就不必四句，且所引的句子要在自己文篇裡發生最大的效用，而不是鋪張裝飾充場面的。

13

廣涉他門，繞著上山

做學問的新觀念、新方法，常可藉用不同學科的整合而誕生。「科際整合」這新名詞，約在民國六十年代初期，成為嶄新時髦的思潮引進臺灣教育界。這種專一科最好借鏡於其他各科的想法，正和我自己讀書過程中主張「螺旋上山」相契合。

要上高山絕頂，不是看定一點，就直線專向地攀登，而是主一門，又廣涉他門，繞著別的方向上山的。表面看來像「所見愈多，所愛屢移」，繞了一圈又回到心中的方向，卻高了一層。再廣涉他門，又繞了一圈，重回到心中的定向，又高了一層。只要日臻上達，就不怕見異思遷；只要定見在胸，就不怕百花撩亂，最後都歸宿一處，才上了高山（可參見《愛廬小品》〈讀書像什麼〉一文）。我早年就開始如此的讀書法，不期而遇地與「科際整合」的潮流勢變相應相和，在別人還「未為」時，我先「為之」，我毋須趨向這時勢，這時勢就趨向我而來：眼界愈闊，有了新觀念的腦力激盪，業反而因此而精；所見愈博，借重新方法的他科經驗，學反而因此而成。我一生做學問，自稱「十年一變」，其實就是在不停地跨出本科範圍，引進新思考、開拓新領域、創發新見解。下面舉《中國詩學》與科際整合〉、〈詩學與聲韻學碰撞的火花〉兩篇為例：

《中國詩學》與科際整合

張高評教授在南華大學主辦「二〇一〇年黃永武先生學術研討會」上介紹我的學術成就有三點：一、博觀約取，推陳出新。二、學科整合，另闢蹊徑。三、方法條例，金針度人。這三點，我未必已做到了，但確實是我在治學過程中努力以赴的目標。

在學科整合方面，他說：

若以單科獨進、慣性思維的方式談論中國詩學，自然是從詩入，再從詩出。今黃先生發揮創造性思考，乃引修辭學入詩學，引視覺藝術入詩歌，再跨界於訓詁學、語言學，殊異場域間的想法互相碰撞，往往激盪出美妙點子、新奇構想，引發層出不窮的創意勃發。《中國詩學》四書，即以跨學科、跨領域的研究見長，因而心得獨特，成果輝煌。

他並舉我在民國六十幾年寫的〈魏晉玄學對詩的影響〉為異類碰撞之例：將玄學與詩歌打通、思想與文學融合，進行學科整合的論述，既反映魏晉文風思潮的實況，且為學術研究之選題提供創新的思維。

張教授是最了解我學術路線與風格的大弟子，我引學術思潮來對比當時各具特色的詩歌作品，發現漢末以實際五行來品鑑人物質量的機械哲理，被王弼導入虛無難言的神氣的識鑑，進而成為純美的欣賞，其後此種觀點誘發出魏晉時代老莊的哲理詩、高蹈的遊仙詩、避世的田園詩、怡情的山水詩，乃至浪漫的玉臺體與唯美文學。我用最簡約的字數分析魏晉時期的詩歌發展大勢為六點：一、求神理，忘跡象。二、主空靈，後質實。三、重自然，輕名教。四、喜山水，出塵網。五、講情調，厭世務。六、貴品鑑，鄙庸俗。張教授以為近年提倡並積極推廣的創意思維方式，舉我這四十年前的文章，可作為學科整合的範例。

在我寫《中國詩學》的民國六〇年代時，還沒有「創意思維」這響亮名詞，約二十年後，教育界倡導「創造性思考」，留美歸來的臺北市立師範學院毛連塭院長率先倡之尤力，企業界遂將它視作企畫部門的瑰寶。

「創造力」和「智力」當然有關，但智力常依憑學習的智識經驗為基礎，而創造力則往往不採用慣常的方式，別開蹊徑，自成新局。我做學問，自勉並勉勵學生要「沉潛於傳統」，那是厚積智力，又要「躍出於傳統」，那便是發揮創造力了。能沉潛，能躍出，才是善解讀書治學的人。

我在《詩林散步》中有一篇〈詩與創造〉的文章，提出九種詩的創造力，其第五種創造力是「在不相干、不同類的事物中，找出統整關係，聯想成新的聯繫模式」，其第六種創造力是「忽然發現兩個異體異質的事物，有其類似點，加以比擬。大凡事物差異愈大，類似點愈難找，比擬出來也愈生動」，這兩種創造力的可貴處，就在能觀察極不相同的思想事物間的聯帶關係，想要做好科際整合，最需要仰仗的就是此份特殊天賦。

我在寫作《中國詩學》時，雖沒有流行「創意思考」這口號，但在我腦海中常轉動的竟常是抉發異體異質間的類似點。有一次我與幾位舊詩界的朋友聊天，舉抽象畫的境界與古典詩作聯繫，他們驚詫得像跌入異類世界，不可思議，根本無法對話。就以《中國詩學》初版的四冊封面畫來說吧，那四張抽象畫是我親自挑選的。當時我人在號稱文化沙漠的高雄，能參考到的最新思潮圖象甚少，能借來作封面畫而命意有部分能中西古今相融通聯想者更難得，勉強選了這四幅：

《設計篇》像探採詩境的靈光一線，奇幻多彩而寥亮透澈。

《鑑賞篇》取眾美俱呈而色彩繁盛並列，又能相互映照者。

《考據篇》取機械繁複狀，其規矩繩墨雖多而入細，但視點目標明確紅亮，不容絲毫含糊。

《思想篇》取自中國古琴上殘破的漆光與烏木，有一種奇古的感覺。古琴代表中國傳統思想在說話，幽幽森森，半隱半現，其境界以猜不透也猜不盡為宜，代表舊材料蘊含無窮的新看法。

當時試想呈現的就是古典詩與現代畫兩者表面毫不相關的事物串聯到一起的「科際整合」吧？可能是我這種種「野發發」的想法出人意外，當時有人無法接受，曾贏得高雄師院外文系一位教授批評道：「黃永武是最不像國文系的國文系主任。」我聽了大笑。初版《中國詩學》的封面畫，就不像國文系的作品。

現在新增訂本的《中國詩學》由高雄巨流書局請人設計封面，回到古色古香去，而大陸簡體字版乾脆以純白高潔為封面。初版既風行了三十年，該換一身新服裝，只要仍有讀者舒袖摩挲，親切相待，它就一直很幸運了。

詩學與聲韻學碰撞的火花

我在學習聲韻訓詁時，明白了中國文字的創造是先有語義，然後口腔摹擬語義而發語音，由語音而後落實為字形。所以字音由字義而來，而字形則往往據字音而定。若反過來追溯原委，便是「形在而聲在焉，形聲在而義在焉」。再推演下去，聲同便義近，聲同或義同等，這便是中國文字形聲義一貫的道理。

所以聲韻乃是中國文字最關鍵的靈妙所在，它應該在文學創作或批評時發揮巨大功能的，但中國文學系裡的教學，都偏向引導往語言學探索，或只講些古書通假字的考辨，在我以前，沒人倡導如何將聲韻知識運用到文學創作或批評上來。所以中國文學系的學生都看聲韻學是一門艱深頭痛而無用的科目，不知道這是一門讓正科班學生能勝於其他出身的作家學者的專業課程，而且其中趣味盎然。

當我寫畢了碩士論文《形聲多兼會意考》，明白「形在而聲在，形聲在而義在」的聲義同源關係，對於字音字義群分類聚的情形也了然於心之後，總覺得這不應該只是象牙塔裡開齊合撮聲韻分辨的專業，而是可以實際應用，與文學創作及修辭批評等交叉激發，令表情達意更加美化，更加登入堂奧的梯階。

於是我在一九六五年左右，撰寫《字句鍛鍊法》的「協律」，已有想將聲響與所表現的人物情緒之間如何密切關聯，加以留心試探。至一九六八年左右寫《詩心》，欣賞賈島的〈客思〉詩「促織聲尖尖似針，更深刺著旅人心」兩句時說：

將蟋蟀的鳴聲比擬成針尖，鳴聲是虛的東西，針尖是實的東西，將實物來比擬虛空的聲響，就能給予讀者一個鮮明具體的印象。又把二個尖字連著使用，產生了當句頂真的效果。而「尖似針」三字都是齒音字，接在「尖」字下面，更予人一種非常「尖銳」的感受。因為中國的文字，喉音字多含宏大寬闊的感覺，齒音字多含細小尖銳的感覺，為了表現客思的隱痛，接連著用「尖」、「針」、「刺」一類齒音的字，教人有觸手生棱的感覺，這種音響效果的講究，該是鍛句鍊字最精微的地方了！

這是我將修辭學的「頂真」，聲韻學的「齒音細小」，運用到詩歌欣賞上來的一例。當時只發表在

《自由青年》上，沒什麼人注意，必待後來大量運用聲韻學於《中國詩學：設計篇》以後，才驚動了大家。開發此項奧妙工程的基本依據，是中國人說話時，口腔器官的肌肉，往往用一種摹擬動作姿態的活動，來比況各種想表達的情意。西方古時的人當然也如此造字，但他們由於不同語系的言語文字交綜混合，各民族原始時對事物取義的由來不一端，舌頭摹狀便不同，又經錯雜混用，其原本聲義同源的痕跡已不如中國漢字那樣尚稱單純，而聲義同源依然有明顯的軌迹可尋了。

我寫《中國詩學：設計篇》時，特立「談詩的音響」一節，如對古詩〈青青河畔草〉作分析，詩的開端六句是：

青青河畔草，鬱鬱園中柳，
盈盈樓上女，皎皎當窗牖，
娥娥紅粉妝，纖纖出素手。

起首一連六句都用「疊字」，各有聲義之間的妙用，「青青」用齒音的尖細來表現近景的清晰（清晰兩字即是齒音），「鬱鬱」是用深厚的喉音來塗抹園林幽暗的色彩（幽暗兩字即是喉音），這兒所以把園柳畫成很幽暗蘊藏的色澤，目的即在將全詩的主題人物——樓上明豔的美人——襯托得格外凸出，教人集中注視力，先以「盈盈」描繪美人的輕盈嫋好（輕盈嫋都是平聲清韻的字，大都寓有輕巧虛懸的意味），所以「盈盈」兩字是從韻類上去摹擬物態的。而「皎皎」、「娥娥」是見紐疑紐字，都是牙音，牙音有豁顯的感覺，用「皎皎」、「娥娥」都有助於美人手采的勾勒精詳，從交得聲的「皎皎」有直立顯露的感覺；從我得聲的「娥娥」有傾側妖好的感覺，加上女主角本身色澤鮮紅明豔，其美姿的展示與音響的配合效果都極佳，而最後以「纖纖」字又用尖細的齒音來摹寫女主角細巧清瘦的潔白雙手，所用的疊字，都選對了合乎聲韻訓詁條例的字，其實作者出乎天然，好像不用選字，自然合拍。

再錄一個將聲韻學上「雙聲」、「疊韻」分散開來遙呼遙應，別有妙用的例子，如李端的〈聽箏〉：

鳴箏金粟柱，素手玉房前，欲得周郎顧，時時誤拂絃。

題目是〈聽箏〉，上兩句寫箏，下兩句寫聽，〈聽箏〉之類的詩，習慣上都是寫如何「好聽」，但本詩卻從「偶爾不好聽」的角度去寫，而這「不好聽」，反而極有韻味，所謂「小瑕小疵，反見大美」，正是本詩構思上的靈妙處。更傳神的地方是：本詩二十個字，仔細分析起來，其中有甚多疊韻的字，同時還兼備不少雙聲的字，所以句子本身就充滿著音樂性：除韻腳「前絃」兩字押先韻外，像「鳴箏」兩字雖分屬庚耕二韻，但在唐朝是同用的，也是疊韻字。「玉欲」兩字同屬入聲燭韻，「房郎」兩字同屬唐韻，「素顧誤」三字同屬去聲暮韻，「時時」兩個疊字，既雙聲又疊韻，共計有十三個字牽聯疊韻；又「粟素」兩字為心紐雙聲，「手周」兩字，一為審紐，一為照紐，是同類雙聲，加上「時時」共有六個字雙聲。

所以本詩在總共二十字中，不僅在開端處用「鳴箏金」三字撥動了箏響，錄下了錚錚鏦鏦的箏聲，而這麼多雙聲疊韻字分布在每個句子中，遙隔呼應，成為和聲，使整首詩竟像一條協奏的曲譜，洋溢著音響的美。

以上單舉聲韻學與詩學的碰撞，就激出了批評界創意空前的燦爛火花，並能提供給創作者實際選字練詞時留心聲情婉轉關洽的美妙思考。

本書所舉的例子，不僅是親身使用的治學方法，更是個人獨到的治學創見，全書以創見為重，這些創見都是「自得」，想要自得，必須要有入門道的方法。

14 發凡起例處是學問樞紐之所在

讀書做學問要特別留意「發凡起例」處，那必然是博學者經過「分析」、「歸納」而得到的方法學的條例，是學問的精粹樞紐所在，開我胸次，融通學問，必先掌握此等凡例，它是後學繼續開發創進的基業，有志者期盼摩雲絕海，大展金翅，往往以此為起點。下面附〈方法學是我寫書的特徵？〉一文：

方法學是我寫書的特徵？

我依自己的想法著書，寫慣了，舊轍已深，思想的轉輪依照慣性的軌道滑動，並不自覺有喜歡提示條例、授人方法的習性。待張高評教授介紹我的學術成績，第三點是「方法條例，金針度人」，以為我所著的書，「方法學之強調，成為系列論著的特徵」，旁觀者清，指出了廬山面目。至於能否真度人以方法，有所啟益，還不敢自信已做到，只是喜歡釐成清楚的條例，倒確是我下筆時慣常的特色。

原來我在治學入門的初階，就特別留心「條例」的拈出，大一時研讀文字學，就趁大一的暑假圈讀段玉裁《說文解字注》，當時物力維艱，字體縮印得很小，一句句細心標點，耗去了整個暑假，也耗損眼力成為近視。圈點時特別勾出段玉裁發凡起例的地方。後來知道有本《說文段注指例》的書，呂景先已將段氏散見於全書的條例四百多條，分成六類，欲探文字之源，欲識文字之變，方法條例，一一羅列，與學幾何學的「定理」類似，是文字學的要領所在，像長袍需在腰（要）上抓起，短襖需在領上提起，一旦挈得要領，袍襖都順著提走，不至於袋中雜物零落。這時起才懂得治學的要訣就在發凡起例的地方。

到寫碩士論文《形聲多兼會意考》，全書的重點集中在第三章自創「凡從某聲之字多有某義」，自我發凡起例，全得力於方法學。

後來我圈讀《昭明文選李善注》，也將李善注文中散見於全書的注釋條例，爬梳抉摘，寫成〈摘例〉，像「諸引文證，皆舉先以明後」、「文雖出彼而意微殊，不可以文害意」之類，李善皆將這些體例隨文發凡，我將它錄下來，一談舉證時要按年代先後，一談活典的解釋不可拘泥，李善的方法，其實也成了後代治學的「公例」。

其後在圈讀《十三經注疏》裡的《周易王弼注》時，也曾寫文章將王弼明爻辨位的條例，釐分為三十八例。這三十八例也就是想讀懂王弼易注的入門方法。接著想更擴大，像惠棟、成蓉鏡那樣，而比他們更完整地寫成《易例》，寫了一半，因指導教授不希望我專研《易經》，就擱置下來。晚年寫《黃永武解周易》，全書又新創發凡起例的方式，共計有五百八十九條「凡言某為某卦之象」，治學時喜歡抓綱領，列條例，幾乎一生如此。

回想一九六五年進入博士班，努力於研究所中的規定，圈點《昭明文選》、《十三經注疏》等，圈點工作機械乏趣，就以寫文章來調節一下，便寫了一篇〈談餘韻〉的短文，刊在一九六五年二月二十六日的《中央日報》副刊，我認為音樂之所以動人而一唱三歎，是由於有餘音裊裊的情致；一篇詩文所以能丰神搖曳，也必須在「曲終」時，展現「江山數峰青」的悠然不盡意味。這意味如何產生？如何在文字之內文字之外經營呢？當時我就在想將抽象難言的餘韻境界，釐成可說的具體方法，盡力使有美存在的地方，透過條例，可以說出一些，不要陷溺在「只可意會」的舊窠臼裡。

〈談餘韻〉頗受好評，接著我又發表〈怎樣使文句靈動〉於《中央日報》副刊，將靈動的方法分為十種，文長分六天連載，可見編者的賞識，就這樣連續寫下去，後來寫成了《字句鍛鍊法》已是一九六八年了。而〈談餘韻〉一文，經擴充改寫，成為〈用心於筆墨之外〉，輯入《中國詩學：設計篇》，出版時已經是一九七六年了。

特別提這一九六五年初發表於《中央日報》副刊的兩篇文章，因為那是開啟我後來一聯串寫大書的前奏曲，都是本著寫條例方法的筆墨，一貫而下，形成系列的專著。隨著《中國詩學》、《詩與美》、《字句鍛鍊法》的風行，一番番異軍突起，終於蔚成潮流。不僅在中國詩文的批評上掀開別開生面的一頁，舊詩界既覺新鬮可喜，新詩界亦覺回歸受用，更引領臺灣在語文教學上重視鑑賞的革命性變革，也帶動海峽兩岸對古典詩文及新詩界美學研究的新方法。

當詩文鑑賞依著各種條例方法形成研究教學的熱潮之際，我又得提醒：詩文美的鑑賞有三個層次，「只能意會，不可言傳」的「不可說」是第一個層次。將美的賞味，釐成條例方法，使其具體「可說」是第二個層次。完成賞析之後，仍覺純美有意言未盡之處的「不可說」是第三個層次。

我所努力著述的，就是解開第一層次因循舊說的封閉觀念，推向第三層次，中間必經此第二層次，有仗於條例方法為鍵籥，這層次是深入作品文本，知曉創作者匠心經營處，從而說出經此匠心美意而展現的文字魅力效果何在。到第三個層次，才明白分析亦有局限，靈機美妙處仍有言語道斷，沒有梯航可以蹤及的隱密角落，這角落出得文字之外，必須不拘泥在句下，這「不可說」就無法寫，正如大畫家所謂「須以神遇，不以迹求」的境界，也不必寫了。

這三個層次，和「看山是山」，後來「看山不是山」，最後又「看山是山」的追尋過程是髣髴的。也和《金剛經》一開始講「眾生」，經過了佛十八分的說解佛義之後，層次早已層層提至巔峰，所以在全經結尾處佛說：「若人言如來有所說法，即為謗佛。」慧命須菩提擔心如來否定了「有所說法」，唯恐未來有許多眾生聽到佛法就不生信心了呀！如來便急急釐清說：「彼非眾生」、「如來說非眾生，是名眾生」。因為到了說經最後階段的眾生，已經過了「非眾生」的辨解過程，早超脫了眾生，乃「是名眾生」，已不是初時說起信階段的眾生。同樣的，到了第三層次認為美妙不可言說，不相同於第一層次，也不妨害第二層次在認真詳細地分析美。

15 率先運用新資料

做學問要能掌握新資料，新資料不常有，誰能爭得先機必有收穫。新資料往往能提供前古所無的答案，成為發明。但新資料出現時，有時只是個異體異質與所研究者毫無關聯的事物，誰能率先聯想統整，加以運用，誰就領先打開一片新境界。下面附〈王八的真正由來〉、〈五個新出土的字〉兩篇：

王八的真正由來

記得童年時我在上海讀小學，同學間常喜歡開玩笑，罵別人是烏龜，但都不直說「烏龜」兩字，都用隱語，說成「十三元六角」，「元」讀成「塊」，十三塊六角，好像是個價錢數目，其實指烏龜背上有十三塊六角形的花紋。

長大後就常聽見粗話「王八」、「王八蛋」，也是指烏龜，但為什麼王八是烏龜呢？人人好像知道，人人其實都不懂。

去查《辭海》，王八條錄了兩個出典：

一是說王建姓王，排行第八，專做違法的盜驢、販私鹽等壞事，所以被叫做「賊王八」。引了《新五代史》為證。

這說法大有問題，因為中國在唐代是以「金龜婿」為榮，人的名字裡像李龜年、陸龜蒙多的是，白居易還自比為龜，龜還不是罵人話。直到宋代陸游的書室叫「龜堂」，洪朋的字為「龜父」，龍鳳麟龜仍高居為四靈，並沒有以龜罵人的說法。王建既是《新五代史》中人物，五代在唐與宋之間，怎麼會以「王八」來罵人？「賊王八」罵的是「賊」字，王八兩字只在說王建姓王排行老八，王八兩字連在「賊」字下，誤以為王八也在罵人。舉此為出典，和龜的關係一點都沒扯上。

二是據《七修類稿》：「今詈人曰王八，或云忘八，訛言忘孝弟忠信禮義廉恥也。」《辭海》又舉此為出典，最大的缺點仍是「王八」與「龜」毫不相涉。避開王八為什麼是龜的關鍵所在，拿些不相干的材料在搪塞。將「王八」扯去和「忘八」一起，這說法更有問題。

「忘八」的笑話是發生在明末清初，專罵金之俊的。金既做明代的官，又出仕於李闖的賊營，清兵來了，又做清朝的侍郎，專門勸南明的官員要懂朝代的「興廢」，趕快來投降。文筆既不佳，卻自命是歐陽修、曾鞏，一生享盡富貴，臨老回到吳江造太傅的第宅，後街取名「後樂」，前巷取名「承恩」，吳江人恨極了他，偷偷在他門宅上貼副對聯，上聯為「一二三四五六七（忘八）」，下聯為「孝弟忠信禮義廉（無恥）」（見《清詩紀事初編》卷三引蘇瀜《惕齋見聞錄》）。因此，「忘八」一詞起於清初，據說此聯是羅昭諫所撰，清初早已先有了「王八」的罵人話，才造「忘八」來諧音雙關，「忘八」絕不是「王八」原始的由來，在明末清初前的元代，已經開始用「王八」來罵人了。

《辭海》不曾能解答「王八」是「龜」的原因，支支吾吾，虛幌了二招。《中文大辭典》除了列《辭海》這二條外，又加上「婦人有淫行者，俗稱其夫曰王八」，及「鼈之俗稱」兩條。

《中文大辭典》的前一條，可用清人梁山舟的話作佐證。梁在《頻羅庵遺集》卷十四說：「以妻子之外淫者，目其夫為烏龜，蓋龜不能交，縱牝者與蛇交也。」可能《中文大辭典》的編纂者，發現梁文所說「烏龜不能交尾，而放縱牝烏龜去和蛇性交」的說法不合生物學，所以刪了下面兩句，只用上面兩句，並將梁文「目其夫為烏龜」，改成「稱其夫曰王八」，但為什麼烏龜叫做王八，依然沒有解答。

梁山舟又順便提及戴綠頭巾的由來，說：「水戶，國初之制綠其巾以示辱，故以綠頭巾相戲。」水戶是指妓女戶，清初制定妓女戶的男主人要戴綠頭巾。再考《輟耕錄》裡有金方的詩：「宅眷多為撐目兔，舍人總作縮頭龜。」撐目兔是比喻妻子不由丈夫而懷孕者，宅中的眷屬都去做了撐目兔，而宅中的丈夫只好成了縮頭龜。鼈也與龜一樣縮頭，所以也有詩寫「好客臨門鼈縮頭」，妻子跟客人上床，丈夫只能縮頭縮頸。恰好烏龜的頭是綠色的，就制訂丈夫要戴綠頭巾，戲辱為戴綠帽的縮頭龜鼈。

凡此解釋均未能道出王八為什麼是龜鼈。因為這必然是先叫龜鼈是王八，然後叫戴綠頭巾的為王八。並不是先稱戴綠頭巾的是王八，然後再說王八是龜鼈。因果相反，仍不是王八稱龜的起源。

《中文大辭典》所增第二條王八是「鼈的俗稱」。三十年前「蓋仙」夏元瑜寫過〈王八蛋考〉及〈莫把甲魚當金龜〉等文，在鼈的一身軟皮上做文章，說鼈鬼頭鬼腦，連龜殼都沒有，是極下賤的東西，本身無金而耍顯擺，裝盡怪相，說盡好話，要騙別人的金。認為王八是鼈，因形像龜而已。蓋仙蓋蓋好玩而已，為什麼是王？為什麼是八？王八的真相並不曾涉及。

大陸上新出的《中文辭源》，王八條舉《史記・龜策列傳》載八名龜之名：「其八曰王龜。」以為王八之名從此而來。於是大陸上有位先生寫了一本專書：《中國龜文化》，深信就是將《史記》的「八王龜」三字一顛倒，就成了「龜王八」或「王八龜」，再演化出「王八蛋」、「王八羔」等。

此種說法，清代就有人提出過，沈濤在《瑟榭叢談》裡說：

今俗呼龜為王八，不知所起，《史記・龜策傳》載八名龜之名，其八曰王龜。（各本皆作玉龜，今據《藝文類聚》、《太平御覽・鱗介部》所引，蓋為龜中之王）則所謂王八者，或本於此。

（見《聚學軒叢書》）

這只是沈濤懷疑有此可能，但為何拿「龜中之王」來罵人王八？說不大通。如此粗鄙的罵人話，會從文縐縐的《史記》裡演化出來嗎？更令人起疑，能相信嗎？沈濤懷疑王八之名從此而來，其實極不可信，要知道《史記》的「八曰玉龜」，不是王龜，即使有版本作「王」，仍讀做「玉」，「玉」本來就寫做王，玉旁的字都寫做王，沒罵人為「玉八」呀？若因「八曰王龜」叫「王八」，那麼為什麼「一曰北斗龜、二曰南辰龜」，何以不罵人為「北一」、「南二」來代表龜呢？單挑第八來罵人，理由何在呢？《爾雅》列為經典，還說十龜呢，「八曰澤龜」，為什麼不挑《爾雅》？而挑褚少孫所補的《史記．龜策列傳》呢？種種質疑，都是沈濤無法解答的，若相信王八由此演化，未免想入非非。

王八的問題，答案在故紙堆裡翻來撿去是找不到了，它似乎已經失傳。但我在一九八三年去美國康乃爾大學做訪問教授，才有機會瀏覽中共地下出土的新文物，這些新文物其實是文史研究者最該重視的寶物，新資料足以打開舊僵局，解決舊問題，成為新發現。

我在一九八〇年一期的《考古學報》上，看到一九七八年自長沙石渚湖靈官咀的唐代廢窰中，發現一個瓷器的烏龜鎮紙，龜背上正有八個「王」字，背脊中間連著四個「王」，兩邊各二個「王」。龜背不大，並不據實物刻十三塊六角形圖案，只刻成八塊。這鎮紙的烏龜觸動了我的靈機，想起了童年時罵人的「十三塊六角」的烏龜隱語，「王八」是龜的由來，原來是起源在故紙堆之外的文物上！

鎮紙是文房四寶之外，几案上必備的物品，防風吹散了紙，染污上筆墨，會寫字讀書的人家就必備鎮紙。這件釉彩著八個王字圖案的烏龜鎮紙，絕不是僅此一見的孤證，後來一九九九年湖南望城縣窰的發掘簡報中也有龜背施以醬釉而八個王字明顯的鎮紙（見二〇〇三年五期《考古》），生產製造此八王圖案的鎮紙非僅一地一窰，可見此種文具在唐宋時民間很普遍。

必然是瓷龜鎮紙起始於「王八」的罵人話之前，唐宋時視龜為吉祥物，才家家常備以為是吉利。等到元代人輕視龜，用這「王八」為隱語來罵人，此種設計的瓷鎮紙就不流行了，不討喜賣給誰呢？瓷鎮紙既不再塑製，待到明朝清朝以「王八」罵人侮辱人，連收藏的人也沒了，因而由這瓷鎮紙演化而出的「王八是龜」的起源也日久失傳。

至於這瓷鎮紙的龜甲上為什麼寫「王」字？也不是起因於「八曰玉龜」，因為一九六六年在新疆吐魯番出土的唐代織花「龜甲王字」紋錦上，每兩個六角形龜甲紋間，嵌織一個「王」字，形成連環圖案（圖面可參見拙著《我看外星人》頁三十二）。龜甲與王字合成圖案，可能是西域文化，唐代時西域文化是一種被視為時髦的標誌，才會被設計在鎮紙上，由唐代的瓷窰開始大量生產。「王八」與「龜」發生聯結成為一物，是無意間緣起於這八個王字的瓷鎮紙，元代人一用為「隱語」王八，家家常見此物而能家喻戶曉，變成流行極廣的粗話。這答案經過幾百年的尋尋覓覓，在一堆古代廢窰遺址的發掘中倖存著，成為新文物而被我發現它是「王八」一詞的真正由來。

五個新出土的字

在深黃色的長方形硬泥塊裡，藏的竟是一部戰國時代的竹簡本《周易》，細細洗刷，比鋸開太璞的礦石，取出一塊光彩奪睛的璧玉更加珍貴的寶物。竹簡的周邊已有些散亂，露風見光處就迅速變成黑黃色。它是從楚國墓穴裡新出土的，經專家們的整理，於二〇〇三年正式宣布，乃是至今發現的最古猶存的一部《易經》，也是學術上最新的出土資料，它用楚國的文字書寫，其文字有異同處，價值連城，當然是學者們目光會聚的焦點。

這些竹簡是盜墓賊於一九九四年，從湖北偷運至香港文物市場求售的。後來被上海博物館收購回去。竹簡經過三年的脫水去斑保護處理，墨跡清晰如新，公布後是學術界大大轟動的新聞。馬承源館長領頭作研究時，他的搶救竹簡經過，卻受到了謠諑的攻擊，不外乎竹簡是偽造的、收購價格太高等，傳說馬館長氣不過，就在二〇〇四年跳樓自殺！如果這傳說的悲慘故事是真的，我對這位為新資料而殉身者，有著特別的同情與敬意，唉，熱心於文化的學者在亂世去擔任行政工作，真是大不幸，周遭必有自己毫無著作，卻會整日嚼舌頭造謠中傷別人的傢伙，一聽如此大事，始而驚駭，繼而猜忌，終而妒嫉憤慨成為仇毒。被中傷者除了「聽任他們去」，只好受下來，還有什麼辦法呢？

這批新資料太引人矚目，當然也是引起謠諑的原因，新資料在公布前，能掌控的學者們近水樓臺取得了先機。學術界都明白，能對新資料取得先機是捷足先登事半功倍的出名機會，何況在傳布之前，視為禁臠，從容自在地消化，公布時別人在後望其項背，只有從善服義的份了。順著這條各存私心的思維路線下來，外人由羨生妒，由力爭上游的爭勝之心，化作恚恨之情，進而誣矯栽贓也在所不惜，乃是必然的事。因此，考古的新資料出現後，如何勿使盜賊私家偷運偷賣？如何勿使各地閉門自秘，畫地稱王？如何勿使少數人長期盤據壟斷？如何及早公諸於世，與眾共享？應有一套公允的制度，認清學問是天下的公器才好。

我對新資料——楚竹簡本周易——的出現特感興趣，趁寫作散文的空檔，年輕時就著迷於《周易》之心，又躍躍欲試，便於二〇〇八年動手寫《黃永武解周易》。我的書中側重三部周易的新資料：楚戰國竹簡本周易外，還有阜陽漢簡本（一九七七年出土）、馬王堆帛書本（一九七三年出土）。

我運用這些新資料起步並不早，但對新資料十分重視就不算起步晚了。晚年著書，只想提供貢獻，盡一份責任，不存爭勝出名的念頭，所以對搶先的人，披荊斬棘，辛苦備嘗，心存敬佩。前修未密處，激發後人新點子，也別有成果可採。

這些新資料讓我採到不少碩果，例如改正了幾千年來《易經》中的錯字多處，因為戰國時代的寫本，是鄭玄、虞翻、王弼都看不到的，我的見解才有機會超絕清儒、乃至超絕漢儒。如頤卦六四的「其欲逐逐」數千年來都無人能講通，原來是「其猷秩秩」的錯字造成的！此類大問題及新答案，說起來頗複雜（詳見《黃永武解周易》的序文），這裡姑且不談，本書另有〈《易經》中的錯字〉一篇，可參閱。

下面舉五個新出土楚竹簡本中的字來說說，或許大家還有點好奇的趣味：

①，豫卦上六的「冥」字寫成如此。乍看是個「呆」字，世俗痴呆的呆如此寫，是後代字形演

進過程中的一個歧誤。要知道：這呆字在古代是梅子的「梅」字。我在《本草》一書中找到「梅，杏類，倒杏為梅」的證據。原來木在口上是「杏」，木在口下是「梅」，杏字上下顛倒就是梅字。似含有杏果下垂、梅果上翹的區別。就像日在木上是杲杲明亮，日在木下就杳杳不見一樣。楚竹簡本的口中特別塗黑了一側，原來塗黑也是筆劃，不只是口，是甘，它又成了「某」的意思。「某」字是木上長了甘酸味的梅子，某就是「梅」字，所以《類篇》裡說「呆，或作某，通作梅。」這句話好像將古文字的演進都說清楚了。後來又寫作「楳」，也是「梅」字。所以《詩經・摽有梅》，就拿梅子來雙關「媒」人，媒字正從「某」聲呀。楚竹簡本用「呆」字通作「冥」字，梅冥兩字明紐雙聲，而古韻部也可用章太炎〈成均圖〉「隔五相轉」來解釋，寫「呆」就是在寫冥，冥是正字。

②余，豫卦的「豫」寫成如此。是余字下再加一撇，其實仍是余字。余的下面是「小」，「小」與「少」同義，可以寫成小也可以寫成少。金文中余字也多加一撇，楚文字中帶著金文的遺跡。豫卦在卦氣中是清明三月節，而《爾雅・釋天》裡說「四月為余」，《爾雅》正用「余」字代表豫卦的卦氣所值，《爾雅》用的是周代的曆法，說是四月，而卦氣用的是殷代的曆法，所以說三月，殷代的三月就是周代的四月。曆法不同，夏商周各差了一個月，就像今天陽曆四月的清明節，在陰曆可能據夏曆是二月，差了二個月相似。

③𩵋，井卦九二的「井谷射鮒」之「鮒」字寫成如此。古來都說鮒是「小鮮」、「小魚」，究竟是

哪種魚?不明白。原來也叫「豘」。《集韻》有這個字,即「豚」字。楚竹書本在井谷水中所射的「豚」,猜想為河豚魚。《周易》中孚卦中有「信及豚魚」的話,正因河豚魚盛產有一定的季節,在冬至日最盛。所以漁民看牠像是「風信的魚」,隨季節風信而盛產。因此我懷疑今本《易經》的「鮒」字可能正字作「⿰魚孚」,孚是「信」的意思,原本也是明確指「河豚」,聲符「孚」聲原本含有會意,聲符通假成「付」以後,大家不知道「鮒」是什麼魚?靠楚竹書本寫成「豘」,方明白原指河豚。

④兊,遯卦六二的「莫之勝說」的「說」字寫成如此。說字古來就「讀若脫」。大陸學者以為是「敓」字(奪的古字),是「強取」的意思,含義是合的。又有人以為是「撥」字,並不全合。有人以為是「拔」字,比拔多了個聲符「八」,是屬於「疊加聲符」的字,也有理。我則以為這是「扒下來」的「扒」字的古寫,扒有用手強加剝去對方衣物的意思,於經義最切合。

⑤⿱⿱弜隹心,頤卦六三「拂頤」的「拂」寫成如此。這不認得的字在字書中沒被收錄,《說文解字》裡从二弓的字只有「弼」字,而「弼」的古文,作弓上弗聲。這楚竹書字下半是「隹」下加「心」,是「惟」字。「惟」是聲符,「惟聲」與弗聲、弼聲,古韻同在段玉裁十五部,又同為唇音字,古音都相同。所以這個字書未錄的怪字其實就是「弼」字。《孝經》:「左輔右弼」,《經典釋文》就注「弼本又作拂。」《釋文》又引《子夏傳》:「弗、輔弼也。」都證

明這弼與拂相通用。時至今日我們讀《孟子》「入則無法家拂士」，「拂」仍須圈聲，讀作「弼」音。

在《黃永武解周易》的附表中，有新出土三種周易的異文表，共載數百個不同的字，並註明詮釋的頁次，可供喜愛《周易》者參考。該書已經由新文豐出版公司發行，詳校精印，字大清晰，在當今書市蕭條之際，高董事長及高總經理父子一本弘揚中華文化數十年之熱忱，以高規格製成本書，造福大眾，值得本人感謝。

16

熟練新工具，使舊材料中常有新發明

做學問在使用新工具方面，不宜落於人後，新工具對於古老材料常可以有新的估定，新的發明。就清代而言，古聲韻學是學者們復興「漢學」的新工具。所謂「漢學」指漢代以文字訓詁來解經之學。在乾隆、嘉慶時期，古聲韻學大為昌明，誰得先機，誰就卓爾出群。至今西方人稱中華文化為「漢學」，多少也是受了清代學者群偉大貢獻的影響。如段玉裁的《說文解字注》，釐成古韻十七部，就超前桂馥的《說文義證》，桂書雖徵引極豐，用力至劬，但因不善運用古聲韻為新工具，對後世的影響力落後段書一大截。陳奐的《詩毛氏傳疏》，名物訓詁，成就非凡，他是段玉裁的弟子，跟段學了三年，可惜未能熟練運用古聲韻，否則境界會更開闊。

又如王引之，在古聲韻這項新工具上竅門大開，對於語言的孳衍，古今的變化，了然於心。他自稱「舌人」，能翻譯古今語言，所著《經義述聞》、《經傳釋詞》，推證古籍，常能熟洽貫串，令人頤解心折。

又如焦循著《易通釋》，常能運用古音作為鉤貫的工具，像《易經》中的「獲匪其醜」，醜古音同儔，所以可證明虞翻把「醜」解釋為「類」是對的，如果望文生義，直以醜為惡就不對。又如《易經》中的「渙奔其机」句子根本不通，焦循明白這「奔」字應該作「賁」字。現今馬王堆出土的帛書本〈繆和〉篇引《易》，果然是「賁」字。他又明白豹礿酌約四字同聲假借，於是他說：「易之辭多用六書假借轉注以為貫通，當於聲音訓詁間求之。」（見《皇清經解》卷一千零九十八頁七）熟練使用而生巧，他的研究成果被王引之評為「精銳鑿破渾沌」！稍舉幾位，即明白使用新工具不宜落於人後，誰精於此，誰就有機會在研究文史古籍上創造奇峰。

民國以來，大辭典、百科全書、中西曆對照、疆域沿革表、職官制度表、書名目錄、人名目錄、別號目錄，以及各種索引通檢，大量的新工具書誕生了，都是治學常用的利器。

二十世紀末期，電腦興起而普及，《全唐詩》《四史》乃至《敦煌卷子》均可以電腦檢索，二十一世紀以來，電腦以新工具的姿態稱霸於世。我於一九九〇年左右赴日本京都遊玩，晨起見沿街放著包紮整齊的垃圾，有人將《日本國民事典》厚厚八大冊併在其中丟棄，我就將這二十公斤垃圾耗郵資寄回家。一九九四年左右，去加拿大雪曼納絲小鎮參訪，又看見一家舊書店前，將一套《大英百科全書》放在門廊下，掛著「免費拿走」的字條，一數二十九冊，只缺了第九冊，就當贈送品，我也用車載回家，我在寫作時還曾用到它們。工具革新得快，淘汰也快，這些二十世紀風行的百科事典，世紀末已成垃圾拋棄，想來它們的主人都已奔向治學的新工具——電腦去了。

我知道電腦這新工具在治學上效益廣大，便已就功，已非此莫辦。但我沒資格談此新工具宜如何應用，自己勉強抓住驥尾沒被甩出時代之外而已。索引通檢等的使用，倒受用過不少，如編《敦煌寶藏》時，日本的《大正藏索引》的確助了一臂之力，《大正藏索引》幫了一半的忙，另一半得靠卷子與卷子的對證比勘，這全靠長期閱讀佛典經驗的累積與運氣了。而我一生治學最得力處仍有賴青年時期所訓練的乾嘉樸學。下面舉〈莊子「藐姑射山」究竟在哪裡？〉一文，該文考證時應用了古聲韻中「喻四古歸定」的條例，此條例創自民國人曾運乾，清儒尚不能知曉。

莊子「藐姑射山」究竟在哪裡？

《莊子》中「藐姑射」三字，和佛經「妙高頂」三字，文字全不相同，二千多年來沒人認出是指同一個地方。莊子當時帶些楚國的方音，將「妙高頂」音譯為「藐姑射山」，本來是音相似的，由於字音有古今南北的變遷，真相久已迷失。我能發現兩者是指同一處，得力於古聲韻學這項「新工具」的使用，茲剖析這六個字的聲韻關係如下：

「藐」音近於「妙」。藐在《廣韻》覺韻，莫角切，明紐，入聲。

妙在笑韻，彌笑切，明紐，去聲。

藐與妙同是明紐，雙聲。兩字都與「目少」的「眇」音近，只是聲調上古今有了「入聲」、「去聲」的變化。

「姑」音近於「高」。姑在《廣韻》模韻，古胡切，韻在段氏五部。

高在豪韻，古勞切，韻在段氏二部。

姑與高同是見紐，雙聲。段氏古韻五部二部屬同類合韻相近者。

「射」古音近於「頂」。證明起來較繁複，首先得明白這兒的「射」讀成九月音律「無射」的射同音，讀做「亦」。

射字多音，有一音在《廣韻》昔韻，羊益切，喻紐。

頂在迥韻，都挺切，端紐。

證明時需要用民國人曾運乾新發現的古聲韻學條例：〈喻母四等字古歸定紐〉（曾運乾的〈喻母古讀考〉發表於東北大學季刊第二期，主張「喻母三等字古隸牙聲匣母，喻母四等字古隸舌聲定母」，這說法極有貢獻。）

這射字聲屬喻紐，但屬幾等字呢？可以查《康熙字典》前面附的〈等韻切韻指南〉表，一查知道在「梗攝外七開口呼」中，有「繹」字列為喻母四等，而《廣韻》昔韻的射字，與「繹、亦、奕」都同一反切，是同音字，射讀做亦，繹射既同音，所以這羊益切的「射」也是喻母四等字。

如果再去查西方漢學家高本漢的書，喻母中以「羊、余」為反切上字者，是屬於單純的聲母，並無軟化現象，所以列在韻圖的四等。以「王、羽」為反切上字者，表示已軟化，故列三等（見《中國聲韻學大綱》頁二十四）。據高說，也一樣可證明羊益切的射字是喻母四等字。

喻紐四等字古歸為舌頭音定紐。而「頂」是端紐，端透定泥都是舌頭音，其中「端」、「定」的聲母多以「ㄉ」發音，所以射既古歸定紐，與頂的「端」紐音是相近的。

明白了「藐姑射」與「妙高頂」原來古代聲音很接近，即使不完全密合，也可能莊子音譯時夾有楚域方音有所出入的關係。

解決了古聲韻的問題，再來對照莊子對那山上神人的描寫與佛經的相似處。《莊子・逍遙遊》裡說：

> 藐姑射之山，有神人居焉，肌膚若冰雪，綽約若處子，不食五穀，吸風飲露，乘雲氣，御飛龍，而遊乎四海之外。

下面逐句來對照：

> 藐姑射之山，有神人居焉。

「妙高山」在佛經的本名叫蘇迷盧山，音譯叫「須彌山」，義譯則「蘇」是「妙」，「迷盧」是「高」。去查佛經阿含部下：《佛說給孤長者女得度因緣經》卷中：「妙高山頂，彼帝釋天主所住宮殿，有八萬四千寶柱、種種嚴飾。」阿含部經裡「妙高山」只一見，但「須彌山」則不下八、九十見。須彌山就是妙高山。

又《起世因本經》（隋達摩笈多譯）中說：須彌山下有三級，下有諸神住處，山半有四大天王宮殿，山上有三十三天宮殿，帝釋所住。帝釋就是天帝釋提桓因。

而《起世經》（隋闍那崛多譯）卷六也說：「須彌山王頂上，有三十三天宮殿住處。」須彌山王是指須彌山中最大的那一座山，頂上，就是指妙高頂，上面住著許多神人及高靈。

另外在《藥師琉璃光如來本願功德經》卷下，也提到了「妙高山王」。《起世經》《藥師經》相傳都是釋迦佛講的經。

再則《阿毘達磨俱舍論》卷十一：「妙高頂八萬，三十三天居。」論曰：「三十三天住迷盧頂，山頂中有宮名善見，是天帝釋所都大城。」三十三是天的名稱，又名忉利天。不是三十三重天，而是欲界的第二天。三十三天在妙高山頂上，是帝釋的大都城，帝釋在中央，四方各有八天，四八三十二，與中央合成三十三天，城中的宮叫善見宮，大都城裡住居著眾多的神人。

肌膚若冰雪，綽約若處子。

這妙高頂上有「玉女」，《起世經》卷七說：「帝釋天王與伊羅婆那大龍象王澡浴遊戲受歡樂時，自身就化出許多池，池中有許多花，花上各有七個玉女，每個玉女有七個美女為侍。」

這些玉女的容貌如何美呢？在《起世因本經》卷第二，描寫須彌山王南邊有閻浮提，閻浮洲內的轉輪聖王具足七寶，第七寶是「玉女寶」，玉女們的容貌是「不短不長、不麤不細、不白不黑、端正姝妍，甚可愛樂，最勝最妙，色貌備充。若天熱時，女寶身涼，寒時身暖……」膚色悅人，身上有體溫調節功能，天熱時身就涼，才說「肌膚若冰雪」吧？「不短不長」指四肢勻稱，身高恰好。「不麤不細」指曲線玲瓏，身材恰巧。既稱「玉女寶」，必然是「綽約若處子」吧？綽是寬舒，約是緊束，綽約是指腰肢體態該寬就寬，該緊就緊，一身麗質，也就是「最勝最妙，色貌備充」吧？

不食五穀，吸風飲露。

這些神人都不吃五穀，而以禪悅法喜或甘露為食糧。《阿毘達磨俱舍論》卷十二：「『劫初如色天，後漸增貪味。』論曰：「劫初時人，身帶光明，騰空自在，飲食喜樂，長壽久住。」說劫初的天眾們以「喜樂」為飲食。後來「地味」漸生，有人貪吃，身上的光明才隱沒，接著「地皮餅」、「林藤」、野生「香稻」出現，貪吃者才生出「男女二根」，淫貪盜殺才開始多起來，至中劫末期，刀兵、疾疫、饑饉的三災降臨，天龍也不降甘雨了。

又《佛祖統記》卷三十一引〈法苑〉云：色界諸天，以喜為食，無色界以意業為食。又云：色、無色界並以禪悅法喜為食。欲界諸天福厚者，甘露盈杯，百味俱至。福薄者雖有飲食，常不稱心。

據這些由來極早的傳說，所以《莊子》說不食五穀。食五穀則下墮塵世，身上的光明也會隱沒，不能飲盈杯的甘露了。

乘雲氣，御飛龍，而遊乎四海之外。

考《起世因本經》卷一有「諸龍金翅」的描寫，卷二有「飛騰虛空」的記載，而轉輪聖王的別名就叫「飛行皇帝」，他能飛行空中。他有「天輪寶」，能「上虛空中，嶷然停住，如著軸輪，不搖不動。」並且「度海北岸，所有土地，周迴其際，遍已還來。」與《莊子》形容的遊乎四海之外相同。其他佛經中本有「如意通」，可以「經行虛空，猶如飛鳥」，所以《楞嚴經》中有「飛行仙」，都和《莊子》所描寫相似。《莊子》的「乘雲氣，御飛龍」可能參雜了中國道家及《周易》「時乘六龍以御天」的形容。

解決了古聲韻及對照了《莊子》及佛經對「神人」的描繪，一一皆應合，大致上我可以認定「藐姑射山」就是佛經的「妙高頂」，所以曾將此寫成文章，發表於二〇〇〇年五月十一日的《聯合報》副刊，後收入九歌版的《我看外星人》中。

但莊子的時代已有佛教傳入了嗎？這與許多書都不合，也是許多人的疑問所在，如果佛教已傳入，那麼中國哲學史都要重寫，許多說法都要推翻或修正了！沒想到下一年，二〇〇一年八月，在湖北江陵天星觀戰國中期的二號墓穴裡，出土了「妙音鳥」與「蓮花豆」等佛教文物。「妙音鳥」又名迦陵頻伽，鳴聲美妙，正是《起世因本經》中屢屢提及須彌山（妙高頂）上的鳥：「復有諸鳥，各出妙音，鳴聲間雜，和雅清徹」，原來戰國中期的莊子時代，佛教文物中妙高頂上的妙音鳥已傳到莊子的楚國，莊子已聽聞妙高頂上諸天的情形，寫作藐姑射山的神人，因此《莊子》的「藐姑射山」就是「妙高頂」，這項創見完全可信了！

17

疑與信，都產生大力量

做學問要能疑能信，該疑要疑，該信得信。能疑才能提出問題，問題經過證明斷案，就要能信。不要過信，也不要過疑。過信的人依仗書本，迷信前人，墨守舊說，不能自動，故毫無發明；過疑的人百念妄起，無力辨析，一味排斥而毫無歸宿。如此治學都難有成績。疑與信是治學有成與否的關鍵力量，須善加調節運用。下面列〈疑與信〉、〈寒山詩及敦煌唐詩〉兩篇：

疑與信

疑信之間，該疑乎？該信乎？好像是個兩難問題。其實毋須為此躊躇不前，只要「實事求是」四字常記在心，該疑處是很好的發現所在，該信處是更好的堅實基礎，該疑也好，該信更好，是兩好問題。能疑能信，才是善於治學的人。

明代的方孝孺有一段話說得透徹：

不善學之人，不能有疑，謂古皆是，曲為之解。過乎智者，疑端百出，詆呵前古，摭其遺失。學匪疑不明，而疑惡乎鑿，疑而能辨，斯為善學。（《遜志齋集》）

不善於治學的人，根本不能發現疑問，只順著前人的書本，唯唯諾諾，以為都是對的，即使覺得有些不對勁，也聽從曲解，放它過去，毫無自動開掘的警覺性。即使告訴他「要在不疑處生疑」，他也始終放不下依賴，無法探測何處尚有真相可待發現，這是過信的缺失。

另一種極端的人，奮其私臆，老覺得這也不對，那也不對，憑他有限的經驗，作無限的推斷，好像古書裡處處是錯失。問他根據何在？原來只是成見在作怪，自我遐想，只想推翻前人，好作主張，但能力不足，僅採取先否定別人的策略，找到一點點對自己有利的依據，就取同舍異，藉一端便否定全體，這是過疑的缺失。

過信的人失之拘謹，過疑的人失之放浪，所以方氏說：治學若沒有疑問，永遠不能有所發明。有疑問後最怕穿鑿，「鑿」是無所根據而「更造新義」的意思。有了疑問而能辨明，辨明是包含經過演繹、歸納、比較等方法，加以證實。這才算善學。

清人孫奇逢有四句話也說得好：

人患不能信，更患不能疑，人患無所知，更患有所知。（《夏峰先生集．語錄》）

不能信的人，要讓他信，相對來說，比不能疑的人，讓他起疑容易；無所知的人，要讓他知，相對來說，比有所知的人，讓他增知容易。因為不能疑的人，囿於陳言俗見，是「以人蔽己」類的，多屬依仗型，一旦信了，就陷迷信，依賴權威的書冊，即使自己亦不知所以然，也抱著苟且心態，堅持不改，不肯超乎權威典冊之外，引動懷疑求證之心。

而有所知的人，囿於我見，予智自雄，是「以己自蔽」類的，多屬井蛙型，一但知了，就生知障。憑著自己的淺見當作天經地義，入主出奴，對外界深閉固拒，根本不信人外有人，天外有天。外界的新見日出不窮，他一概認為未必對，不去理會，不肯日有修正。所以孫奇逢說「患不能疑」、「患有所知」，這兩類人常易產生過信過疑的流弊。

治學是靠感受力深入文句，又靠探索力發掘問題，然後憑著理解力與批評力去辨析疑問，解決問題。每種力都靠疑與信的交替運作而誕生，要治學有成績，必先協調好疑與信這兩隻踏上成功之路的左右腳。

寒山詩及敦煌唐詩

我讀書過程中，所遇疑與信交爭最劇烈的戰役，當數寒山詩及敦煌唐詩，且舉此經驗為例。

寒山子是佛界悟道的高僧，留下的詩篇，警世無常的、開示佛性的、自述修道進程的，都極有境地。

寒山不學靜定，而學觀。觀乃思維，為大乘，定為小乘，禪未必須定。寒山詩云「更觀塵世外，夢境復何為」，是觀的初地，到了他寫「默知神自明，觀空境逾寂」，乃是一種安住於無生無滅之理而不動的境地，理寂不起，慧安此理，信受通達無礙不退，是進入寂光所照的「無生忍」境界，此境界已極高深。寒山詩裡常保存著他從初地至高深一步一步學佛階梯的紀錄。

另如「萬機都泯滅，方見本來人」，即《金剛經》所說「不應住色生心，不應住聲香味觸法生心，應無所住而生其心」，已在傳見性之法。寫「獨自居，不生死」，是悟了涅槃境界。到了寫「無物堪比倫，教我如何說」，是反於第七識之我見，而到達無我平等的智慧，這見性後的清淨智水，是無法可說的，也就是「平等性智」的境界。

這些都是家父在我研究寒山詩時指點提醒的，當時我就決定依父親黃麟書所寫的《金剛經貫解》去探索寒山詩中修道的進程，寫下〈寒山詩的巔峰境界〉一文收入《中國詩學：思想篇》。

最令人欲理還亂的就是寒山的生平，留存著許多矛盾的資料，前有唐初台州刺史閭丘胤的序，似乎寒山該是隋末的人，後則至大曆中，仍有傳記說他尚在天台寫詩。修道的人常常是「山中無甲子」的忘年者，連自己的年歲都搞不清。山中僧侶們在追溯事件或記憶年代時，出入極大，很難依憑。

所以我希望能在作品本身裡尋出些線索，在細讀詩篇時，果然找到兩句可以繫年斷代的句子，發現是一個可以明確地切入的時間點，於是我就這樣寫：

最近我從寒山的詩中發現一個新的證據，假如據此能推斷寒山的生年早於禪宗六祖慧能，那麼寒山詩的價值就分外可貴了。寒山詩中有兩句「用力磨瓦磚，那堪將作鏡」，這個「磨磚作鏡」的比喻，是懷讓教馬祖悟道的著名公案，發生在西元七二二年左右。這一年也就是皇甫冉的生年，皇甫冉與張繼為童年總角之交，所以張繼的生年也應在西元七二二年左右。若寒山詩中是用懷讓的故事，則寒山應與張繼為同時期的人，那麼張繼就不可能做那句有名的「姑蘇城外寒山寺」詩，姑蘇城外有紀念寒山的寺廟，當然是寒山得道以後的事情，而懷讓馬祖的故事要流傳入詩也要一段時間，所以從馬祖悟道到故事流傳入詩，再到寒山悟道寂滅，以致慢慢影響遠近城鎮為他建寺，寺成以後打鐘，鐘聲成為當地的勝景，再寫進張繼的詩裡，以張繼的有生之年，絕容不下這麼長的時間。由是可證不是寒山詩中用了懷讓馬祖的故事，而是懷讓受了寒山詩的影響。懷讓是六祖的得意弟子，而寒山的年壽又高至一百餘歲，若從懷讓的西元七二二年，上推一百餘年，則寒山的出生至少已經是早於六祖慧能了。若再往上推些，甚至閭丘胤為寒山詩集作序，也有了可能。

這段話是以「假如」起首，以「可能」收尾。疑信之間的關係是：「假如」若能成立，則「可能」才會發生。「可能」若發生，則被呼稱為「偽閭丘胤序」者也有平反的機會。這段「假如」至今已設立了三十五年，我翻閱不少研究寒山的近期報告，不少人在想駁難或推翻這個「假如」，但此

「假如」依然屹立不搖。

不管這些駁難能否推翻這個「假如」，有一個時間點是誰都不能否認，必須信服的，那就是寫「姑蘇城外寒山寺」的張繼，是唐朝天寶十二年（七五三）的進士，他出生在七二二年左右，則中進士時是三十一歲左右。《唐才子傳》說他「大曆間，入內侍，仕終檢校祠部郎中」，和史書上說大曆末年，他最後一任官是「檢校員外郎」是吻合的。大曆末年為唐肅宗時（七七九），張繼是五十七歲左右。張繼的卒年不可考，可能即在此年前後。所以這一年也可能即是寫「姑蘇城外寒山寺」的最後期限。

所以有人據五代的天台道士杜光庭《仙傳拾遺》言寒山是大曆中隱於天台（大曆共十四年，七六六－七七九），隱於天台才寫三百多首詩引起時人注意。這說法如何能成立？如果七七九年寒山還在山中寫詩，姑蘇城外怎麼已經有了紀念他的寒山寺？這年是張繼寫〈夜泊楓江〉詩的最後年限，顯然杜光庭《仙傳拾遺》的年代必然是不可信從的，不能成立。

有人說開元十年（七二二）左右，懷讓教馬祖時，寒山尚未入天台隱居，尚未有三百多首詩作引起時人注意，所以懷讓不可能受寒山詩影響。這說法也不能成立，因為寒山入天台隱居的年代並不晚到「大曆中」，已如前述，而寒山的詩，隨寫隨流傳，究竟起始作於何時既不明白，如何能斷定懷讓不可能受寒山詩的影響？

大陸上有學者認為懷讓的公案發生於開元十七年（七二九）以後，寒山受此公案啟發而寫下此詩。那麼從七二九年至張繼寫詩的最後年限七七九年，最多只有五十年。如果這五十年裡寒山還正在寫詩，寒山年壽既高，待其悟道寂滅之時甚晚，而令後人紀念定為寺名，到張繼寫進詩裡，這段漫長的過程，只有五十年夠嗎？若張繼寫詩是在中進士時，只剩二十四年，更不可能了。別把唐代寺廟中的信息傳述，當做今日電訊傳播般迅速呀！

於是有人主張：寒山寺本名「妙利普明塔院」，因名僧寒山曾在此任住持，遂更名為寒山寺。這說法是想縮短我「假如」中「寒山悟道寂滅以後慢慢影響遠近城鎮為他建寺」的長時間，讓寒山在世時，就有了已改名的「寒山寺」紀念他。可是古今還沒有如此權威跋扈的住持，把自己的法號生前即改為寺名的。住持或許幾年就換人，難道寺廟也常常更名？況且在寒山的詩裡，也找不到他做過總管寺廟事務「住持」的痕跡，說他曾在此任住持，依據何在呢？凡出主張，總得「實事求是」，不能憑空臆想呀。

大概是史料中有「相傳名僧寒山曾卓錫於此，故名」的記載，其實「卓」是拄立，「錫」是錫杖，卓錫是說僧人曾經居歇此處（可參見丁福保《佛學大辭典》），與擔任住持無關。來寺中居歇過的僧人何止千百，把這位名僧選出來當做大事，當然是名僧成道寂滅以後的事，不是一個生前「狀如貧子」，還在和僧侶「捉罵打趁」、「唯言咄哉咄哉」的和尚，便能使蘇州寺廟選他的法號更名為寺名的。必需長時間的醞釀才能改變成受人崇敬的形象，聖化的新形象，其塑造建立哪裡可能是一朝一夕的事？所以此種主張，並不能動搖我假設的可能性。

又有人針對閭丘胤的序文中說寒山隱於天台「唐興縣」，而據史料肅宗上元二年（七六一），才將「始豐縣」改為「唐興縣」，證明閭丘胤的序是偽作。當年余嘉錫就據此判斷言寒山為貞觀時人的說法為誤。這一點辨偽的知識，並不能否決我的「假如」，我「假如」寒山出生於六祖之前，其推理邏輯並不建立在閭序的真偽之上，是建立在寒山懷讓誰影響誰之上，寒山受懷讓的影響在時間點上不合事實，才假設是懷讓受了寒山詩的影響。閭序的真偽和我的「假如」沒有決定性的關連。但該序的由來必有起因，天下沒有毫無道理便產生了事實，也沒有不合事實仍能說得通的道理。仔細想想，閭序的真偽也不是一個新舊地名就能全盤否決，因為後人見到的閭序，不是親寫或石刻木刻，當時只有抄寫，許多抄寫者、重編者，經過第一手、第二手、第三手的謄錄之際，出於令後人知曉的善意，將地名舊的換成新的不是不可能，與原作者未必有關。民國人寫的「迪化」，現今大陸蒙古人抄寫時會改為呼和浩特，中國人寫的「漢城」，現今韓國人去抄就改為「首爾」，唐興縣的人去抄去重編閭序，很自然改為今名。余嘉錫寫《四庫提要辨正》的年代很早，我的「假如」他不曾見到，未曾將我這新假定思考在內，一切尚在存疑求信的階段，遽呼為「偽序」，不公平也不聰明，不如等真相大白再來判決吧。

又見某宗教史冊，先根據胡適認為寒山子是七世紀末到八世紀的人。又雜採《仙傳拾遺》、《宋高僧傳》、《五燈會元》等書，認為寒山出生於唐玄宗開元二十二年（七三四）左右，圓寂於大和七年（八三三）。先震懾於胡適的大名，有些「過信」之嫌，又雜引各書，最後結論又與胡適不合。治學最怕中心無主，東抄西抄，自我矛盾而不知曉。寒山若活到八三三年，那麼寫「姑蘇城外寒山寺」的張繼已死了五十年，太不可信了吧？

大陸浙江大學有位學者，很認真的學者，推算寒山生於武則天天授年間（六九〇－六九二），活至德宗貞元年間（七八五－八〇五），他推想寒山的年歲超過了百歲，比前一位推想合情些，但同樣不可信，因為七七九年是張繼寫詩的最下限呀。

當然，我地處偏遠，見聞有限，只從前述各家，略知我的「假如」依然沒被推倒，由是以知治學需要能疑能信，對各項資訊，不宜「過疑」，也不宜「過信」，抓緊張繼寫〈夜泊楓江〉詩下限這個事實的時間點，實事求是，不合這時間點就不可能是事實，是事實才信，可能不是事實就疑，做學問隨著事實走，不跟著成見走。

我寫《敦煌的唐詩》也是這種態度，但因所校勘出來的結果，常常推翻了幾百年來膾炙人口的詩句，引起了一些成見深的人反感，他們背慣了《唐詩三百首》，見我說李白的「天生我才必有用」不對，要依敦煌本改回「天生我徒有俊才」，覺得大不如前；又見我說崔顥的「昔人已乘黃鶴去」不對，要依敦煌本改回「昔人已乘白雲去」，覺得平板無奇。對我在習常順口的句子裡「起疑」頗反感，便反駁道：「敦煌本難道沒有錯字嗎？」他們憑這句話做藉口，便否定全部的「敦煌本」，以為唐人抄寫一樣有錯字，有什麼可稀罕的？那些人囿於根深蒂固的俗見，幾十年來依然故我；對敦煌本懶得搭理了。

其實我依敦煌本改正今本的錯字，絕不是迷信古本的就對就好，更不是迷信追趕新發現的才是時髦。而是一字一字深入文本去校勘，有憑有據，不僅廣徵相關文獻，有時常用全書慣例校定一字，作最篤實的釐清，可信的才信。

敦煌本在抄寫間不可能完全沒錯字，像元稹詩敦煌本作「感恩求友十」，這「恩」字一定錯誤，不是「君」便是「思」字。又如崔顥的〈度巴峽〉（今作〈寄盧八象〉）中「是日風波濟」，「濟」字也不如今本作「霽」合適。敦煌本也有不可信的就不信，做學問就貴在通達不泥，根據事證作依違的準則，不受成見的支配。

附記：我寫寒山詩一文時，初到臺中中興大學任教，中興沒有宿舍，經施人豪、鄭靖時學長的照顧，得以借住在中國醫藥學院的教授臨時宿舍，故該文乃完成於羈旅的雞窗晨燈之中的，記以誌謝。

18 具備辨偽知識避免跌入假材料的陷阱

研究文史，一定要有辨偽的知識與警覺，許多假材料常讓研究者一不小心就跌入陷阱。文史材料累積數千年，真偽互陳，難審純駁，大凡故事很美動聽的、本集不載而通俗流傳極盛的、出處故弄神秘的、來頭不小，卻沒有淵源可尋的、推算年月有問題的，都該撥開浮翳，挑撿出來。假材料有些是有心人所偽作的，有些是無意間以訛傳訛的，有些是傳述誤引弄錯了的，這些還容易辨察出破綻，最難辨察的，是長久以來已沉埋在積非成是的認定下，眾口傳誦已成鐵案的，要用你的慧眼來發現疑問，重新估定，檢查出材料中有假的部分，也是一種「自得」與「發現」，治學的樂趣常因此而得到鼓舞。下面舉〈金針度人〉、〈孔丘遺言〉、〈情詩的陷阱〉三則，第一則是對作者的辨偽，第二則是對文獻的辨偽，第三則是作者與作品皆偽的。

金針度人

談到治學方法時，常聽前輩提起兩句詩：「鴛鴦繡出從教看，莫把金針度與人。」意思是說：可以把研究成果讓人欣賞讚歎，但不要把研究方法也讓人學走。就像繡好的鴛鴦，羽紋的翠綵燦爛儘可供人稱許，但刺繡時穿針引線的工具巧訣不要一併授與別人。這詩意不全在教人吝嗇金針的繡法，秘而勿傳，而是要人珍惜師道，不是其人，心法要訣萬勿輕易說破給他。

各家辭典或教科書裡，提及這「金針度人」的典故，本本都抄錄這兩句詩，說是元好問寫的，詩題是〈論詩絕句之三〉，見於《元遺山集・卷十四》，早已定案，不成為問題。

但我閱讀《四庫全書》時，在《石門文字禪》卷十五，有〈與韓子蒼六首〉之四，同樣出現「鴛鴦繡出從教看，莫把金針度與人」的詩句，大感奇怪，發現可能是個早已不成問題中的大問題。

我就細讀《石門文字禪》，明白這書是北宋年間一位和尚詩人釋惠洪寫的，大都寫於崇寧年間，在一一〇三年左右最多，有首〈臨濟大師生辰〉詩，首句是「靖康二年四月十」，晚到一一二七年寫的。再查釋惠洪的生卒年，是一〇七一至一一二八年。

元遺山呢？元生於一一九〇年，至一二五七年去世，換句話說，釋惠洪死後六十二年，元遺山才誕生，釋惠洪不可能見到元遺山的詩，而元遺山可能是引用前人的佳句，不是他自己的創作，引用前人沒加註腳，後人難辨就以為是元遺山的詩。所以我在一九八七年二月十九日的《中央日報》副刊上，就提出要把「智慧榮譽權」回歸給惠洪。但因我對這本《石門文字禪》的刊印流傳時程還不清楚，會不會是後人替這和尚編印時，不慎將元的詩句誤收了呢，還不敢百分之百的斷定。

後來我讀朱熹全集，赫然又瞥見這兩句詩也出現在全集中，朱熹說：

子靜說話常是兩頭明，中間暗，其所以不說不破，便是禪所謂「鴛鴦繡出從君看，莫把金針度與人」也，禪家自愛如此！

噢，可以百分之百認定了！朱熹在一二〇〇年過世，那時釋惠洪已過世七十二年。朱熹可以讀到《石門文字禪》，而朱熹過世時，元遺山才十歲，哪能有詩句被朱熹生前即欽佩引用呢？而且朱熹特別指明這是「禪家」的作品，指的正是釋惠洪呀！所謂「自愛如此」，乃是指心法要訣若傳非其人，反受訕笑輕慢，成為浪擲而已，所以自愛自重其道，萬勿輕易傳授他人。

流傳了近千年的作者偽假，可以確認，於是我二〇〇四年五月九日的《中央日報》副刊上，寫了篇〈引用與原作〉，宣布「破案」，並說明學者要珍惜自愛「方法的奧秘」得來不易，珍貴的心得不要向不是好學的人隨便說破。

孔丘遺言

去年九月有位學生發伊媚兒給我，以大字驚訝地問：「老師，這是真的嗎？」他附件的主題是：

「孔子臨終遺言新發現，驚動世界。」大抵說有一批春秋時代竹簡出土，共一六八片，經考古學家仔細清理辨認，是一篇完整地紀錄孔子的臨終遺言，乃前人所未見的佚書。並說這偉大的發現，後續的研究將工程浩大……

附件有「文言文版」的孔子臨終遺言原文，名為〈子壽終錄〉，並附白話文參考譯文。〈子壽終錄〉一開端如此寫著：

子壽寢前彌留少時，喚諸弟子近叩于榻側，子聲微而緩，然神爍，囑曰……

接著的大意，是在嘆息「無位則無為」，我奔走天下勸說君王是不智的，「擁兵者人之主也」，獻謀者君之奴也。領悟出「行而優則王，神也。學而優則仕，奴耳。」所以智者起事革命都說是為了人民，人民都聽從，等到這位智者大業已就，「王座立于枯骨」，才教人民都擁護自己，所以「民愚國則穩，民慧世則亂」……

我讀到這裡，單從思想上看，與孔子畢生所說已不合，臨終悔恨未能早居要津，以實權高位號令天下，徒使歲月易盡，不見「禮歸樂清」，碌碌無成。因而囑託弟子勿步乃師之轍，當知所「自主」，若能善借民勢為人主，亦可勿使天下只為賊徒所享用。凡此思想不合以外，文辭亦不甚佳，心中已明白這遺言是假貨。

但只從思想上去判別真偽，或只從文辭優劣上去認定，都會像從個人欣賞上由愛惡判別真偽一樣，還不是十分穩靠的。必須找出更堅實的證據，等我讀到結尾處：「吾即赴冥府，言無誑，汝循此誡。」造偽者百密總有一疏，文末出現「冥府」一詞，破綻全露，偽造無疑。

「冥府」在哪裡？是死者魂靈迷行的閻魔王所住的廳殿。「冥府」是佛教的名詞，孔子的時代只有單說「冥」指暗昧的地方，並沒有「冥府」這個詞彙，也沒有閻魔王這個稱謂。閻魔王又名焰魔王、炎魔王、琰魔王、閻羅王，都是不同的佛經翻譯成不同的稱謂。「冥府」又名「閻羅府」，在鐵圍山之北地中，也不是中國的山名。孔子的時代會出現佛教的詞彙嗎？近年地下文物掘出蓮花豆、妙音鳥，在戰國中期的湖北墓穴裡，表示莊子的時代，佛教已傳入楚地。但至今還不曾發現佛教文物在孔子時代已傳抵魯國的證據。孔子卒於西元前四七九年，佛陀涅槃於西元前六〇六年，相去百餘年，孔子生前並沒有接觸佛教文物或思想的痕跡，孔子臨終怎會自認將往閻羅王府呢？據此就知道是今人偽造的。

假材料隨時在產生，也隨時在擴散，近年網路興起後，古人所說「謬種流傳」才真正進入驚人可怕的時代，「深廢淺售」的慨嘆既已嚴重，愈是深刻的東西，愈乏人問；愈是淺薄的東西，愈多人捧。於是「信偽迷真」的情況乃遍地發生，愈是假的，信的人反而愈眾；愈是真的，愈被迷失在大霧裡，因為世上有巨眼卓識的人畢竟不多，眾人只在聞風披靡而已，這樣的時代，似乎人人都需要有些辨偽的常識了。

情詩的陷阱

我在撰寫《詩林散步》《詩香谷》的時期，正是我大量閱讀明代文集的日子，也是我籌劃如何大規模展現小品文的前夕，必須加緊儲備文學的軍糧，磨礪文場的詞鋒，並演習筆陣的縱橫，一口氣讀了不少明人詩文集。

讀到蕭師魯的《漸宜堂詩》，其中有他寫的「月下紅裙座上僧，情心道目自相爭，若能顛倒參行坐，識得春風一片情。」他看見月下有個紅裙少女，座上有個念佛和尚，兩人內心的情和眼中的道，怎能不自相矛盾掙扎呢？居然建議就顛倒一下座位，參雜地坐在一起認識什麼是春風吧！思想乃是驚人的開放呀，又讀他的〈醉歌〉：「不醉不歌歌益醉，不歌不醉醉還歌」，自然明白他的鍊句工夫也了得。

讀著讀著，讀到他說「從錢塘門，買得《小青焚餘草》」，小青的詩，讓他著了迷。「小青深於情，而不知為情解脫」，他說常常彷彿望見小青在遙遠處向他微笑。

於是他將小青的詩逐首唱和，小青寫：

冷雨幽窗不可聽，挑燈閒看牡丹亭，世間也有癡于我，不獨傷心是小青。

蕭師魯就唱和道：

鶯語花聲人共聽，姻緣最恨牡丹亭，必從死恨求生愛，堪笑風流又小青。

小青寫：

新妝竟與畫圖爭，知在昭陽第幾名？瘦影自臨春水照，卿須憐我我憐卿。

蕭師魯就唱和道：

妝成何必向人爭，最恨昭陽死後名，影寂山孤莫共照，生前那得易呼卿？

以蕭師魯頗為厚實的筆力，與靈活超前的思想，用在唱和小青的詩篇上，故意去替小青詩作「翻案」，但兩相比較，小青的原作遙遙領先，兩人的高下有很大的差距。

我又讀翁吉爋的《権倀小品》，在卷十六也有〈押小青韻〉的詩，同樣比不上原作。他同樣是個小青迷，書中有小青身世簡介說：

小青，虎林士人侍姬，不得于嫡，悒鬱而絕，能詩畫，并有寄某夫人書，死後嫡流妒于詩，所存者焚餘也。

虎林是蘇州，小青是蘇州某讀書人的侍妾，得不到正夫人的容納，她能詩能畫，還有一封寄某夫人的書信留傳，抑鬱而死後，正夫人把嫉妒發洩在詩稿上，現在讀到的只是些焚餘的殘剩。

這故事很淒美，後來又讀陳翼飛的〈小青傳〉，知道小青名玄玄，維揚人，十六歲作侍妾，但丈夫懦弱，妻權高漲，她年僅十八就死了。這才明白蕭師魯那句「生前那得易呼卿」，是指丈夫怕妻子，連稱呼你一聲「卿卿」都不敢。

後來又讀卓人月的詩集，也有唱和小青詩，如此密集地出現唱和詩，大大吸引我的注意力。又讀一些書，說小青的丈夫是武林人（杭州人），丈夫姓馮，她與他同姓……小青還有墓地在西湖。

我在眾多明清詩人的唱和下被催眠了，將小青的詩看作是情詩的奇葩，就將那首「春衫血染點輕紗，吹入林逋處士家，嶺上梅花三百樹，一時應變杜鵑花」寫進了《詩香谷》。能將處士家的三百本梅花樹，用心血染成三百株杜鵑花！色愛之根看似很輕蕩，發揮出來的力量竟是如此罕見之重。

直到我讀清人佚名所寫的《不敢居詩話》，其中提及小青時道：「或曰：小青二字，合成情字，特有心人設此一事，為千古落花寫照耳！」我被這一行「或曰」所警醒，小青二字合成情字，可能是「有心人」特別設計的？虛擬的？作為千古苦命的落花象徵的？這「或曰」是誰曰的呢？佚名一定看到過什麼特別的資料，非我所知的。

再一想，這十六歲被賣作妾的姑娘，其學養能寫出「卿須憐我我憐卿」這樣筆力強韌、口氣老到，把千百詩人都比了下去的雋句嗎？連明末清初的大詩人吳偉業寫〈琴河感舊〉詩：「青衫憔悴卿憐我，紅粉飄零我憶卿」，都像受了小青詩的影響。清人孫映奎的〈柳園誌遇詩〉，還以「卿須憐我我憐卿」作主旋律，用轆轤體寫成四首詩呢！

後來捧場懷思的人越來越眾，直到民國時，民俗學家鍾敬文還在寫：「西湖到死未忘晴，三尺幽墳近小青，花影絮痕心事別，春風秋雨夢耶醒？」晴情雙關，不晴時的風雨形成了詩壇的颶風，颳得梅花成了杜鵑，新妝成了瘦影，一颳竟三四百年沒完沒了？

這久存於心底的疑問，直至我有緣赴香港，買回大陸版的明末清初錢謙益的《列朝詩集小傳》，在七七三頁〈女郎羽素蘭〉條下，赫然附記著：

又有所謂小青者，本無其人，邑人譚生造傳及詩，與朋儕為戲曰：「小青者，離情字，正書心旁似小字也。或言姓鍾，合之成鍾情字也。」其傳及詩俱不佳，流傳日廣，演為傳奇，至有以孤山訪小青墓為詩題者，俗語不實，流為丹青，良可為噴飯也。以事出虞山，故附著于此。

原來我是掉入了這個情詩的陷阱，這些酸苦咿嚶但韶麗動人的詩句與作者，全是虛擬偽造出於烏有鄉的，我不察而去引用傳述，是教人訕笑噴飯的呀！又明白《不敢居詩話》說：「或曰：小青二字，合成情字」，即是據《列朝詩集》而來，偽造情詩者與友朋戲鬧，還有人建議最好姓鍾，可以合成「鍾情」呢！

錢謙益的《列朝詩集》，始寫於明代天啟初年，材料蒐輯得早，而偽造者又是錢的同鄉，皆虞山（常熟）人，他紀錄了偽造者與朋儕的戲謔談話，並早已指出小青的墓也是假的。可惜錢書只在康熙時有絳雲樓刻本，但到了乾隆時以「語涉誹謗」，被燬版禁行，不准流傳，以致許多人上了大當。

雖然後來見施閏章在《蠖齋詩話》中說曾詢問一位姓陸的朋友，並落實小青是馮雲將的妾，而某夫人也實有其人，是楊廷槐的妻了，某夫人從官北去時，小青寫信訣別等等。姓陸的朋友還堅信這些詩不是別人代筆捉刀，而是正夫人賄賂了錢謙益，才寫了這條「附記」。

清初痛恨並譭謗錢謙益的人很多，但大學問家錢謙益是容易被賄賂的人嗎？他的妻子柳如是更不容許他接受賄賂，施氏這種說法很可疑。依照我的辨偽經驗，事經後人流傳，時間愈晚、傳述愈詳的，都不如當時人說的可靠。抑鬱而死的小妾在明清時一定很多，比附相類的故事很容易，即使實有其人其事，也未必就能相信實有其詩。所以我仍然抱著存疑之心，「焚餘」的尚且如此好，若全集保存又該何等好呢？能相信嗎？覺得這十幾首情詩只是有高手捉刀的騙人陷阱。

19

不以間接證據否定直接證據

做學問若有新材料成為直接證據，就要相信直接證據，用以考證間接材料，或破解間接證據。萬不能以間接材料或間接證據去否定直接證據。直接證據是正確合理的解釋，間接證據常只是聽起來合理的解釋，兩者差別很大，治學必須辨識近乎理而亂真的材料。類推、聯想、假設，都是想將我們已相信的部分，尋求繼續相信的支持，其中往往有受情緒教導的部分而不自覺，最好不要視為足夠的證據，它們都不如直接證據堅強。下面就舉〈乘白雲乎　乘黃鶴乎〉一文為例：

乘白雲乎　乘黃鶴乎

我們背熟了《唐詩三百首》中的崔顥〈黃鶴樓〉詩：「昔人已乘黃鶴去，此地空餘黃鶴樓。」覺得很順也很美。由於我細讀敦煌寫卷，唐人的筆跡，清清楚楚是「昔人已乘白雲去」，奇怪了，就去查唐代的唐詩選本，及宋代的各總集、詩話等，相沿九百多年，都是「乘白雲」，並無異說。

一直到元朝，才有人將崔顥詩附會上「乘黃鶴」的舊說，但元代的吳師道在《禮部詩話》中已在大力掃闢當時人將舊說《圖經》、《齊諧志》裡仙人乘黃鶴說附會到〈黃鶴樓〉詩來，竭力主張詩的原文是乘白雲，絕不是乘黃鶴。

經過了元代明代，仍是以乘白雲為主，到了清代的怪傑金聖歎，憑他對詩的鑑賞力，以為「乘黃鶴」，使全詩三次重複黃鶴才出奇，並責問「乘白雲」出於何典耶？經他這一吆喝，後人沈德潛編《唐詩別裁》，依著他改為「乘黃鶴」，更後的人孫洙編《唐詩三百首》，尊重沈德潛，也依著改為「乘黃鶴」，這就是我們背熟「昔人已乘黃鶴去」的由來。

金聖歎這一吆喝，非僅沈、孫上當，沈、孫都不算學者倒也罷了，連學問淵博的紀曉嵐也上當，至清末考據專精的高步瀛也迷惑顛倒了。高在《唐宋詩舉要》裡說：「黃鶴去一作白雲去，非是。」並批評吳師道是錯的：「吳說非是，起句云乘鶴，故下云空餘。若作白雲，則突如其來，不見文字安頓之妙矣。後世淺人見此詩起句三黃鶴一白雲，疑其不均，妄改第一黃鶴為白雲，使白雲黃鶴兩兩相儷，殊不知詩的格局絕不如此，觀太白〈鸚鵡洲〉詩可知。」治學最好不要罵別人是「淺人」，弄不好「淺人」是自己。也最好不要隨便用「妄改」字樣，弄不好是自己「妄信」。高步瀛、紀曉嵐、孫洙、沈德潛，都是誤信金聖歎「凭鑑賞的美去改底本的真」，誤以為金是對的，才會跟著只憑「文字安頓之妙」、「詩的格局」、「第三句黃鶴無根」等鑑賞角度去「妄改」底本。

什麼叫「文字安頓之妙」？「詩的格局」？「第三句黃鶴無根」？這種鑑賞的美是人言言殊，哪有什麼定法？依我看：第一句作白雲一去，第四句作白雲還在；第二句寫黃鶴還在，第三句寫黃鶴一去，糾繚迴環，用意安頓絕妙呢！誰能說第三句黃鶴無根？誰能說詩的格局絕不如此？

宋代嚴羽選崔顥〈黃鶴樓〉詩為「唐人七律壓卷之作」，宋代人所見的崔顥詩都是「乘白雲」，是以二白雲和二黃鶴對峙迴環才被選上了「壓卷」，號稱七律第一，根本沒有「三黃鶴」才出奇這回事。誰能舉出宋代已有「昔人已乘黃鶴去」的證據呢？有次我翻閱華文出版社出版的《歷代帝王書法》，其中列宋太祖寫崔顥此詩，正作「乘白雲去」。

我們不去責備高步瀛、紀曉嵐、金聖歎等，因為他們都沒有機緣見到敦煌石窟中所藏的唐人寫本，才憑想像去決定是非。至於高步瀛說「觀太白〈鸚鵡洲〉詩可知」，那是用後人李白的〈鸚鵡洲〉詩去聯想前人的詩，聯想只能作巧合比附，聯想比附算不上真正的學術證據，哪裡可以敵得過敦煌唐人手寫的真跡？

於是我站在「版本學」、「校讎學」、「辨偽學」的學術立場，寫了篇〈昔人已乘白雲去〉的文章，說明誦讀了三百多年的「昔人已乘黃鶴去」是錯的，在《中國詩學》裡寫得更明白，該書在臺灣風行了三十多年，似乎塵埃早已落定。

但隨著簡體字版《中國詩學》增訂本在大陸發行，大陸年輕一代受敦煌本新材料之衝擊，這問題重又洄瀾盪漾，大陸北京某大學有位教授似初讀《中國詩學：鑑賞篇》，已連發三篇討論文章於他的部落格上，一篇談「金縷衣」，一篇談「擣衣聲」，第三篇題目是「唐代最好的一首七律的版本之爭」，即是討論乘白雲乎還是乘黃鶴。

我的書帶給他如此多密集的靈感，令我驚訝。但想到我不是正在寫《怎樣做學問》嗎？他的三篇文章正好觸及了做學問時三個當注意的課題，也帶給我三次重提舊作並暢談做學問竅門的機會，一樣感謝他。

大陸這位年輕教授運用治學的新工具——電腦檢索，找出唐詩中「乘白雲」者有四例：

蕭穎士句：中有群仙兮乘白雲。

岑參〈感遇〉：昔來唯有秦工女，獨自吹簫乘白雲。

劉禹錫〈三鄉驛樓伏睹玄宗望女兒山詩小臣斐然有感〉：天上忽乘白雲去，世間空有秋風詞。

寒山詩：苟欲乘白雲，曷由生羽翼？

「乘黃鶴」者有一例：

李白〈江上吟〉：仙人有待乘黃鶴，海客無心隨白鷗。

這位年輕教授利用電腦檢索出五個例子後說：「數量上，『乘黃鶴』只有李白一例，『乘白雲』卻有四例，但在崔顥之前和同時，『乘白雲』也只有二例（蕭穎士、岑參），兩者之間，無法作出對錯判斷。」

先不論這問題是不是可以用「數量」作出對錯判斷，能運用電腦這新工具真方便，快速地提供了歸納材料，是治學的好方法。比我四十年前寫《中國詩學》時，想知道唐詩中有多少個「天涯」，翻書一遍又一遍，查到了三百零八個「天涯」，仍不知查全了沒有？簡便與辛勞真不可同日而語。電腦雖簡捷，但運用此新工具時，仍不能完全仰仗它為萬能，自身的學力根基依然不能忽略！一忽略，電腦找來的材料裡就問題叢生。

例如這位教授歸納出了「乘白雲」有四例，卻結論說「在崔顥之前和同時，『乘白雲』也只有一二例（蕭穎士、岑參）」，這就怪了！四例中有寒山，不列寒山，只列蕭岑，難道寒山不在「崔顥之前」？連「同時」也排不上？寒山的生卒年月雖難以推算，但抓緊寫「姑蘇城外寒山寺」的張繼生卒年月為座標，大致亦可推算出一些可信的輪廓。崔顥逝世於七五四年，而寫了「寒山寺」的張繼生於七二二年左右，崔顥逝世時，張繼三十二歲左右，也算同時人，晚輩而已。張繼卒年約在七七九年左右，在世約五十七歲左右，比崔顥逝世約晚二十五年。如果寒山比崔顥晚生，又活了一百多歲，表示張繼死後，寒山還活著？如此，姑蘇城外怎會已有了紀念寒山的寺廟？非常簡單的邏輯，就知道寒山是比崔顥要早了許多的詩人。（這問題可參看本書中〈寒山詩與敦煌唐詩〉一文）這是第一個問題。

第二個問題是不知電腦是怎麼提供出「蕭穎士句」的？經我考查，這不是蕭穎士所寫，而是王翰在景龍二年（七〇八）寫的〈龍興觀金籙建醮〉詩：「泰山巖巖兮凌紫氛，中有群仙兮乘白雲。」（見《全唐詩》卷八百八十二，補遺二）王翰的詩寫得比崔顥早。

王翰從道觀中想像群仙來去都乘白雲，而寒山那首以「浩浩黃河水」為起首的詩裡寫「苟欲乘白雲，曷由生羽翼？」寓有人壽有限，想努力修仙的意思，乃是他初入寒山時「喃喃讀黃老」學仙的青年時期所寫。（寒山生平可參見《中國詩學：思想篇》）寒山想修仙就想到乘白雲。

這兩家比崔顥生得早的詩人，都可以證明崔顥寫詩時，早已存在仙人乘白雲的說法，足以駁倒金聖歎吆喝的「乘白雲出于何典耶」的責問。

乘白雲是中國道家在先秦時代就有，《莊子・逍遙遊》裡的神人，就是「乘雲氣」的，仙人的交通工具是騰雲駕霧，這想法在唐代很普遍。所以岑參〈感遇〉詩中提及「秦王女」吹簫乘白雲，秦王女可能指秦穆公的女兒弄玉，嫁給善吹簫的簫史，《列仙傳》說她隨風飛去，所以岑參詩說：「昔來唯有秦王女，獨自吹簫乘白雲。」

至於劉禹錫在三鄉驛樓上看到唐玄宗留下的〈望女兒山詩〉，斐然有感寫下「天上忽乘白雲去」，指的是誰呢？看劉詩的另四句：「三鄉陌上望仙山，歸作霓裳羽衣曲，仙心從此在瑤池，三清八景相追隨」，猜測這「女兒山」指的也是秦穆公的女兒弄玉，那兒可能是弄玉登仙而去的地方。唐明皇的〈望女兒山詩〉並沒有留傳下來，但明皇另有〈同玉真公主過大哥山池〉詩，中有「鳳樓遙可見，彷彿玉簫聲」，所寫也是秦王女兒弄玉，這是我猜測「女兒山」也指弄玉的旁證。劉禹錫說她「乘白雲」而去，均足說明唐代人形容仙人的上天工具為「白雲」是常見的，崔顥寫「昔人已乘白雲去」，乃是很普遍而挺自然的。

至於李白〈江上吟〉的「仙人有待乘黃鶴」，證明唐代人對仙人的行蹤也可以「乘黃鶴」，查一下唐代閻伯瑾的〈黃鶴樓說〉引了《圖經》說：費禕登仙，嘗駕鶴返憩於此，遂以名樓。又《述異記》也說荀瓌在黃鶴樓上，望見駕鶴飄然降下的來賓，去時又跨鶴騰空。再則《輿地記勝》又引《南齊志》載仙人王子安乘黃鶴過此。等等，唐人確已有不少仙人乘黃鶴的傳說，並與此樓相關的。只是崔顥原本寫的是「乘白雲」，沒寫「乘黃鶴」，唐代宋代的人都讀慣他的原作是「乘白雲」，到元代人才把乘黃鶴的舊傳說與崔顥的詩比附起來，想改幾百年相傳的「乘白雲」為「乘黃鶴」，到了清代人真去改了，至今大家讀熟了「乘黃鶴」就積重難返，幸有敦煌石窟存在唐人手抄的「乘白雲」，方認清原作在唐代宋代元代明代歷九百多年都不是「乘黃鶴」。黃鶴樓的命名，是因建在黃鶴磯上，因地得名，不是由於哪位仙人乘黃鶴。

這位連發三文的教授在文末又表示他認同「黃鶴版」，並申述兩點理由：一是早於崔顥、李白的詩人盧照鄰，有「人同黃鶴遠，鄉共白雲連」兩句，寫「跟人一同離去的是黃鶴和人（人乘黃鶴），白雲跟鄉村相連，並無離去行為。」所以崔詩的「意境與之相似，似係由此化用而來。」

我以為這一點恐怕不能成立。「人同黃鶴遠」的「同」字可以是「如同」、「類同」，可能在說人的蹤影如同黃鶴般杳然遙遠吧？何以能確定這「同」就是「一同」，乃至推論為「騎乘」呢？若是「騎乘」，選擇直用「騎」或「乘」意義明確，何必用「同」？這同字是隨著你的情緒而偏向「騎乘」的解釋。「鄉共白雲連」的白雲就不能浮動了嗎？不能有離去行為了嗎？說崔詩的意境由此化用而來，純屬主觀推想，主觀認定，並非學術證據。

二是認為李白曾見崔顥的詩，題在樓上，有感慨，但內心並不服氣，事後還是仿崔詩作〈登金陵鳳凰臺〉、〈鸚鵡洲〉兩詩，帶有跟崔顥決高下的意思。既是仿作，似乎也可以反過來印證。

我以為這一點也不能成立。前人紀曉嵐、高步瀛都受「飴山老人」金聖歎的誤導，認為用三黃鶴才合「詩的格局」，「觀太白〈鸚鵡洲〉詩可知」，可知崔顥也用三黃鶴？這是紀、高當時敦煌卷子的唐抄本尚未出現，憑詩的作法去瞎猜猜，還不算大笑話。觀太白〈鸚鵡洲〉詩可知崔也用三黃鶴，完全是出於聯想推測，誰能確定李白的〈鸚鵡洲〉詩和〈登金陵鳳凰臺〉詩是模仿崔顥的呢？單憑李白嘆息「眼前有景道不得，崔顥題詩在上頭」（見宋人計有功《唐詩紀事》），就能確信李白內心並不服氣？然後又確定要仿作三黃鶴來決一高下？然後再由自己主觀認定的仿作，反過來印證？這乃是由假設推出證據，然後拿這證據來印證自己的假設，完全是出於推測聯想的循環論證，循環論證常是遮自己眼睛的浮翳，年輕有才情的學者常常犯此種錯誤而不自覺的。

你可以主觀認定李白「內心並不服氣」，我也可以說李白對崔先生是真正敬佩，李白豁然大度，內心真正的「服善」，哪有什麼非較量高下不可的偏狹心態？何況李白又是天才超絕的大詩人，未必肯連用三個鳳凰去仿效三個黃鶴，如此不成熟的仿作手法，露骨至此，還能一較高下嗎？

我說李白有「服善」之心，暗中學習崔詩，倒是有證據的。因為敦煌本的崔詩「春草青青鸚鵡洲」被後人改為「芳草萋萋鸚鵡洲」，這一改，暮春三月的季候就不見了。又「煙花江上使人愁」被後人改為「煙波江上使人愁」，這一改，三月的煙花景象也不見了。敦煌本有李白〈黃鶴樓送孟浩然下維揚〉詩：「故人西辭黃鶴樓，煙花三月下揚州，孤帆遠映綠山盡，唯見長江天際流。」其中「煙花三月」及「綠山」春草青青，都化用了崔詩的景色，只因李詩的「綠山」被改為「碧空」，崔詩的「煙花」被改為「煙波」，如此成熟化用的痕跡已不易辨識罷了。

大陸上另有一位教授，於二〇〇七年寫了篇〈白雲、黃鶴之爭的歷史真相〉，結論和第二點相近，以為「乘白雲之說乃為後世所改」，敦煌卷子的唐人寫本是「後世所改」的嗎？唐人抄本之前還有「前世」的版本又在哪裡呢？在唐代黃鶴樓的牆柱上嗎？

做學問，就是要相信版本學、校讎學、辨偽學，依據這些治學的原則，才能明白唐人手抄的卷本是足以認定崔顥「乘白雲」才是原作，敦煌卷本是直接材料、直接證據。而猜想「仿作來決高下」可能是憑空虛構出來的，還稱不上是材料，最多只算間接證據，做學問應該用直接材料來證明或破解間接材料，斷不能用間接證據去否定直接證據。

20 以古論古，才合乎「時」

做文史學問，要特別注意「時」的問題，前面提及考出典、談影響，必須弄清人物先後、繫年斷代，都屬「時」的問題。本節提及民生日用的材質隨時代而異，南北字音的發聲因古今而變，也屬「時」的問題，不能忽略。判斷正誤時，要「以古論古」，方為正鵠，若「以今喻古」，想當然耳，常草草失其指歸。下面舉〈唐詩中的擣衣聲〉一文為例：

唐詩中的擣衣聲

我童年時曾在浙江嘉善的農村裡住過，住在外婆家，曾有養蠶人家送了一塊絹綢料給外婆，外婆將它珍藏在箱底。過了好幾年，忽然有需要將它做漂亮的衣衫，把絹綢翻出來，卻發現這衣料已極易脆裂，不能用了。外婆懊惱的樣子，一直深印在我心裡。後來我明白了，那是一塊生絹，上面的蠟質若沒有擣去，日久一拉碰就霍霍發響地裂了開來。

我在抗戰年間又曾深入浙江、安徽的山區，山區的婦女都到溪邊洗衣服，手執一根短木棍，在卵石上敲打溼衣服，比搓揉更易去除污漬。有一次村女替我家洗衣服，沒想到我家的衣服上已經有了新式的鈕扣，新鈕扣用貝殼磨成，那時塑膠尚未發明，但已與山村的衣服都以布條做扣襻是不同的，貝殼鈕扣一用短棍敲捶便碎裂，碎裂的圓扣變成利刃一般，將衣褲全戳成許多小洞。母親傷心之餘，慶幸絲綢質料的衣衫沒有交由村女去捶。我的故鄉離養蠶的絲綢產地不遠，所以不少衣服都用絲綢製的，厚衣的夾層也是蠶吐的絲綿，這些與棉織的土布洗滌方式是大不同的。

這些農村裡的生活經驗，不從書本中來，沒想到此類生活經驗，在欣賞唐代李白的「萬戶擣衣聲」時，大大地派上用場。

我研究「擣衣聲」，緣起於四五十年前《幼獅文藝》上有人寫文章，認為「萬戶擣衣聲」是婦人在江邊洗衣，捶敲衣服發出了擣衣聲。並認為當時全臺灣標準本高中國文裡選的白居易〈江樓聞砧〉詩「十月始聞砧」，也應該是江邊洗衣服的砧聲。高中國文標準本對「聞砧」的注釋是：「古時候做衣服，剪裁縫製之前，先將布帛擱在石頭上打平，與現在剪裁之前，先要用熨斗燙平作用是一樣。」

我以為唐代的「擣衣聲」或「砧聲」，既不是「溪邊洗衣」，也不是「把布料在石頭上打平」，兩者都不正確，所以在《中國詩學：鑑賞篇》的序文〈以考據故實為鑑賞〉中說：「利用宋代牟益的〈擣衣圖卷〉，可以幫助認識李白〈子夜歌〉，明白『萬戶擣衣聲』是擣生絲為熟絲，而不是洗衣服。」因為牟益的〈擣衣圖卷〉畫著兩個婦女將「擣熟的練」平鋪在薦上，兩人各執一針在替新擣成的練做鑲邊的工作，這是「擣衣」的步驟之一。此圖足以證明是在室內，而不是在「溪邊洗衣」，也不是將布帛在「砧」上敲平。我舉此圖旨在說明欣賞唐詩，有時可取證於宋畫。到了正文第六頁談李白「萬戶擣衣聲」，才將唐人的擣衣說得稍為詳細一些，但仍希望讀者欲知詳情者可參看拙著《珍珠船》，其中影印有宋徽宗摹張萱〈搗練圖〉，擣衣的過程很完整地畫全了，不像牟益的畫已零落只剩一景。

大陸北京某大學有位教授，他讀新出版的簡體字本《中國詩學：鑑賞篇》，讀到〈牟益圖卷〉云云，便在部落格上發文章，題目是〈唐詩中的搗衣究竟是什麼？〉大意是說：從牟益的〈擣衣圖卷〉中沒有看到生絲熟絲的工藝處理過程，所以說我此種理解不正確。但也不是「月夜洗衣裳」，那既洗不乾淨也不安全。他就引了些資料作結論說：「唐詩中的搗衣，其實就是裁縫衣裳（主要指寒衣）的整個過程。」他認定自己的意見很快，判斷下得很早，我想這是青年才子們想在短時間內得到最大量收穫的責效之心使然吧？

本來，這樣的討論一向很多，我極少理會，心想他如果去讀了《珍珠船》，自然會修正觀點。正巧，我在寫此本《怎樣做學問》的書，對於年輕新進者的勇於發表、勇於結論，未嘗不是相互切磋的另一型樣版？何況大陸學者可能不容易讀到《珍珠船》，如此的讀者也許不少，我有義務再引一遍舊說讓愛《中國詩學》的讀者有更深入的認知。

早在初版《中國詩學：鑑賞篇》發行後八年左右，一九八三年秋天，我去美國波士頓美術館，看到宋徽宗摹的張萱〈搗練圖〉真跡，從四位婦女持杵輪番搗練開始，到鑲邊然後燙平為止，卷子很長，每位婦人的衣著花紋，勾勒精細，而色澤至今鮮豔如新。我看了很感動，就在美國的《世界日報》上寫了篇文章說：

我對這張長卷有特別的感情，是由於〈搗練圖〉所繪，協助吾人了解唐詩中「萬戶擣衣聲」的「擣衣」，不是洗衣服，圖後題寫的「子夜清砧，秋窗愁響搗衣杵」，就是擣衣石臼上把生絲擣成熟絲，去掉生絲上的蠟質，然後鑲邊再燙平，準備裁作秋衣。

這篇文章一發表，便引來在加拿大卑詩大學作教授的一位洋人先生的回響，他說四十年前有人告訴他的生活經驗，在大陸北方棉織的土布衣物，經過漿的處理，擱在石頭上打平，此種代替熨平的敲搗步驟，杵和砧石之間發出的聲音，清脆響亮而有韻律，意即唐詩中所說的擣衣聲。

這位說得一口標準國語的洋教授的看法，和臺灣標準本高中國文的注釋是一致的，他們都是依據七十年前大陸北方農村的實際生活經驗，作為判斷，但忘了「時代」更替問題。七十年前的衣服，以「棉織的土布」為主，但棉花的種子乃宋末才傳入中國，元代才推廣種植，唐代人除了麻布，大都用蠶絲。麻用於夏天，其餘三季都穿蠶絲的，厚衣服用蠶絲的絲綿填充，蠶絲紡品製了衣服，洗後不上漿，更不能在砧石上敲捶平整，唐人納稅完租是用蠶絲生絹，政府若製大批前線用的軍服，要發交民間動員來擣衣。這教授與高中課本注釋的錯誤，都發生於「以今喻古」上，忘了衣物材質有古今的變遷，忘了討論唐代的事要用唐代的器物情境去理解，忘了遵循「以古論古」的原則，就造成偏差。

於是我又寫了篇〈與君同賞擣衣聲〉的文章，附上擣衣的古畫，收錄在《珍珠船》裡。下面我不想抄錄舊文，就將《樂府詩集》中一首〈擣衣曲〉（可能是王建所作），配合宋徽宗所摹的畫，介紹整個擣衣的過程如下：

月明中庭擣衣石，掩帷下堂來擣帛。
婦姑相對初力生，雙揎白腕調杵聲。
高樓敲玉節會成，家家不睡皆起聽。
秋天丁丁復凍凍，玉釵低昂衣帶動。
夜深月落冷如刀，溼著一雙纖手痛。
回編易裂看生熟，鴛鴦紋成水波曲。
重燒熨斗帖兩頭，與郎裁作迎寒裘。

這首一共十四句的詩，前面的十二句都在寫砧石上擣衣的工作，對照宋徽宗所摹張萱的畫，是畫卷第一部分的景象：

畫中有四位婦人，各執一杵，杵高與人略等，而杵的中間圓細，便於手執，兩頭粗重，比較能著力。兩位相對在用力擣，另兩位捲袖在休息，輪番上陣，正如詩中的「婦姑相對」、「雙揎白腕」，但人物加倍。杵聲有節拍，丁丁湅湅，敲打得玉釵低昂衣帶震動。夜雖深了，但為了趕工完成此寒衣，也就顧不得杵冷如刀，纖手溼痛了。

「回編易裂」二句說：一面擣，一面要看絲的生熟，擣帛時需摻入欄灰與蜃灰，欄灰使帛變生為熟，蜃灰使帛變質為白，這些在《周禮．冬官．湅帛》的注文中有說明，千年如此。加水勤擣後，絲絹上出現水波樣曲線的鴛鴦紋，就是擣熟了。

畫卷中「擣衣」的第二部分，詩中省略了。畫了三位婦人，一位薦地而坐，兩手攤開在拉絲線，一位坐在矮几上引針線，正在做熟練的鑲邊工作，邊鑲好才不怕拉扯撕壞，另一位蹲在地上扇火爐，準備熨斗要用的炭火。牟益的〈擣衣圖卷〉原本一定也很長，今日只留剩這第二部分，所以看不到杵擣的過程。

詩的結尾寫「重燒熨斗帖兩頭」，也就是畫卷的第三部分，畫三位婦人，兩人用力拉緊整匹絹帛，懸盪於空中，一人手執長柄的熨斗，把熟的練燙平，另有童子二人，大童在協助燙帛，小童則在帛底鑽越嬉樂。擣帛至此完成，可見「擣衣」是指裁製衣服以前的工作，擣衣完成後，才能「與郎裁作迎寒衣」。這畫可能是大家庭的擣衣景象，人口眾多，王建的詩則像是一般民間的婦姑相對。

明白了擣衣的整個過程，再來欣賞李白的詩，那是戰時後方的景象了：

長安一片月，萬戶擣衣聲。
秋風吹不盡，總是玉關情。
何日平胡虜，良人罷遠征！

李白在另一首〈擣衣篇〉裡也寫「夜擣戎衣向明月」，便可明白所以在月光下出現趕工擣衣的鏡頭，是為了征人在邊塞，邊塞秋早，所謂「胡天八月即飛雪」，征人的冬衣，常動員長安的民戶來做，萬戶民家替代了後代的聯勤補給廠。政府從民間徵集租絹，養蠶人家在春末收繭，夏日繅絲織絹，繳交政府，由鄉里而縣丞，由縣丞而州道，輾轉運入內庫時已到秋日，內庫再分發給民戶加工製衣，民戶必先擣生絹成熟練，若分發得晚，加工就更緊急，民戶一拿到分來的生絹，立即家家的婦女都動員，不顧夜深手涇的寒痛，才有「長安一片月，萬戶擣衣聲」的忙碌鏡頭。

因為所擣衣帛，皆為趕工成為前方將士的戎衣，所以有「秋風吹不盡，總是玉關情」的聯想。這擣衣聲所以動聽，除了節奏丁凍合拍，各家又徐速不一外，秋高月明之中，牽連多少征夫閨婦的相思在裡面。敦煌卷子中有唐代劉希夷的〈擣衣篇〉：「秋天瑟瑟夜漫漫，夜白天清玉露團，蕪山遊子衣裳薄，秦地家人閨閣寒……」秋月可憐明，秋風別有情，此種相思的想像，使擣衣的遠近斷續聲變成動人的有情節拍。

詩尾寫出大家的和平願望：「何日平胡虜，良人罷遠征！」胡虜平了，暮砧也就不必如此急促，良人歸來，擣衣聲也就不必和燕雲沙場年年聯想在一起了。

21

改正補苴古籍要十分謹慎

從事研究文史，對古來的資料，總會遇到補之正之考之辨之的時候，治學者應抱著「篤信好學」四字是首要的態度，若要改正補苴，乃是十分謹慎的事，必須叶於原意，事證明確，訓詁的聲義可通，詞氣的文法相合，讎校再三，往復曲暢，粹然公正，然後決其從違，絕不因私心逞才而巧辭附託，茍為異同。下面附〈《易經》中的錯字〉一文：

《易經》中的錯字

我寫《黃永武解周易》一書的序文，有一個副標題：「從《易經》中的錯字談起」。我可以想像，這樣的副標題，會引來不少訕笑，毋須讀完序文，就颺出一句批評：「你是孔子孟子呀？居然連《易經》本文的字都敢改？」

我的創見真大膽，其實求證是非常小心的，將新出土的三本《周易》——戰國楚竹書本、馬王堆帛書本、阜陽漢簡本——其中與今本《周易》有異文處，細加揣摩考訂，然後說：「異文間有改及《周易》經文者，不為經文諱也。」若是今本經文中存有錯字，就不必因為是神聖的經文而忌諱改正。

我在這篇序文裡，舉出頤卦六四的「欲逐逐」是「猷秩秩」的錯字，猷是理想，秩秩是稻田穗浪起伏有序，是指實踐理想施行推展時有步驟有順序。同於《詩經．巧言》的「秩秩大猷」。又舉頤卦六二的「丘」是「北」的錯字，渙卦九五的「汗」是「幵」的錯字，益卦六三的「凶」字是「工」的錯字，渙卦九二的「奔」是「賁」的錯字（說成通假字亦可），睽卦上九第二個「弧」字是「壺」的錯字，師卦六五的「執」字是「埶」的錯字（說成通假字亦可）等，連同方今的成語「仗義執言」的執也應當作「埶」，執是「握持」，埶是「到達那邊去」責問，幾千年來用作「握持」解釋，不知道是「到達那邊去」責問，現在出土了戰國年代的楚竹書本作「埶」才知道這才是正字。

下面另舉個事證明確，道理容易說清楚，而大家都能理解的例子。

例如今本《易經》裡出現「月幾望」三字者共三處：

小畜䷈上九、月幾望

歸妹䷵六五、月幾望（馬王堆帛書本作「日月既望」）

中孚䷼六四、月幾望（馬王堆帛書本作「月既望」。熹平石經作「月幾望」）

今日的經文都作「月幾望」，並無差別，大家也都習慣了二千年。沒想到馬王堆出土的漢初帛書本歸妹卦作「日月既望」，中孚卦作「月既望」；「既」與「幾」聲音相近，並不是通假關係，因為含義是截然不同的。幾是近（虞翻注），是「將近望」，乃農曆十五以前，將接近十五日滿月的望。而既望是「正望」或「已望」，是農曆十五或十五以後，兩者所指的日期是不同的。

日期既然不一，現在的本子都作「月幾望」，是對或不對呢？這就得看卦象所示是否切合了。這些經文中屢屢出現相同的字，是否皆與屢屢遭逢的卦象相同呢？如果卦象皆相同，那麼便知今日本子裏三處的文字都是對的，如果卦象有合有不合，那麼可能今日本子中卦象不合處有了錯字。這就是焦循所說「非駢而觀之，未知其妙」道理的引申應用。

古代農曆看月亮的運行，簡單大略的說：每月二十九日、三十日是「晦夕」，是坤象。初一是「朔旦」，是坎象。初三是「哉生明」，是震象。初八是「上弦」，是兌象。十五日是「望」，是乾象。十六、十七日是「哉生魄」，是巽象。二十三日是「下弦」，是艮象（詳可參閱《黃永武解周易》頁六五七所附〈月光消息納甲圖〉）。

讀《易經》還須明白，卦都要變，變的方向只有一個總歸結，就是變向「既濟」卦。既濟是䷾，火下水上，六爻皆正，水火正當為人所用的理想境地。

所以小畜䷈的上九先要由陽變陰，成䷄需卦，所以如此變，就是變化後求能接近「既濟」卦的第一步。第一步若變成了，上卦已成坎☵，坎為月，就是月亮之象。這月亮便與三爻至五爻的離相對，離為日，日月相對，將成望。想變而尚未變成，所以是「幾望」。

這時月亮的位置在哪裡？看卦下面二爻至四爻是兌，兌是初八「上弦」，再下面一爻至三爻是乾，乾是十五日的望。陽昇陰降，由初八往十五運行，所以卦象綜合起來，卦辭便說「月幾望」，象與辭，吻合得一點沒有錯。

再看歸妹卦䷵的六五，三爻至五爻是坎月，二爻至四爻是離日，亦有日月相對的望象。但歸妹卦想要變成既濟卦，先要四爻回復到三爻來，成為䷊泰卦，然後二爻變到五爻去才成既濟卦。《易經》裡「卦卦有貞既濟之象」，是《易》義最精微扼要處。

歸妹卦的月亮位置在哪裡？一爻至三爻是初八的兌，但卻未見十五的乾，顯然不同於小畜卦，不是由兌往乾運行。《易經》的取象不限於本卦內取象，常常以通變所從來的卦取象，虞翻說：歸妹卦是由泰卦䷊的三爻上升至四爻，兩爻互換而成的。歸妹卦是由泰卦通變而來，乃是由泰卦的乾變而為兌，也就是說是由乾十五日再往兌初八運行的時刻，不是「月幾望」，乃是「月既望」。可見馬王堆帛書本的「日月既望」是對的。今本在此仍作「幾」望，幾是既的錯字。熹平石經所刻已經開始錯了，不如漢初帛書本正確。

這才明白虞翻在小畜的「幾」字下注：「近也。」是接近十五的望之前。虞翻又在歸妹的「幾」字下注：「其也。」月其望，是指正在望日，或已過望日。推想虞翻當時《易經》已有許多文字不同的版本，他也看到漢初流傳下來作「既」望的本子，才將兩處「月幾望」的幾字作了不同含義的注解。虞注又說歸妹與小畜中孚的「月幾望」同義，這話是指日月象對成望是同義，不是指三處皆接近望的「幾」字同義，若是「幾」字同義，他又何必在小畜歸妹兩處作不同的注釋呢？

再看中孚卦䷼的六四，中孚卦的變通由來，虞翻說中孚卦是由訟卦䷅的四爻下降至初爻互換而成的，也從變通所從來的卦取象，訟下卦坎是月，變後成中孚下卦兌是月初八，中孚卦裡也沒有乾象，也不是由初八運向十五，這初八是由訟四爻乾象變來，乃是由乾十五再往兌初八運行，也是已過了望日十五以後。月初八往十五運行是「幾望」，再由十五往初八運行是「既望」，這是淺白易懂的道理。所以馬王堆帛書本作「月既望」也是對的，今本中孚卦的「幾」字與歸妹卦的「幾」字，都與卦象不合，就月的運行時日位置看，兩處的「幾」都是錯的無疑。

如果有人要問：虞翻所主張的「某卦所從來，成為何卦」一定正確嗎？那是因為虞注可以融貫全《易》，似乎都合。大體上說，乾坤十二爻，是十二辟卦的由來（可參見《黃永武解周易》頁六五三），由十二辟卦再衍生出其餘五十二卦。而虞翻說明夷卦䷣是由臨卦䷒二爻往三爻，兩爻互換而來，這說法不僅與西漢的《焦氏易林》相合，亦與《左傳》裡討論「明夷之謙」的卜辭，亦以臨變明夷取象相同，可證虞翻談卦的變通由來，其學淵源久遠，不只承繼西漢人，也承繼了先秦《易》說。推想他有不少特別的看法，也必有所本。試取現今新出土《周易》本子中的異文，以虞氏爻變及卦象來驗證，鮮有不和洽者，都足以說明虞注可信度極高。

上面舉的「月幾望」例子，是馬王堆帛書本比今本正確，足可依憑。但也不是地下新出土的異文都是對的，也有錯字，就不可據古本改動今本。

如豐卦䷶上六：豐其屋，蔀其家。這「屋」字在戰國楚竹書本則作「芾」，馬王堆帛書本「蔀」作「剖」。今本的「屋」與「家」，古聲韻相近，家古韻在段氏五部，入聲「屋」古韻在三部，模部蕭部尾音屬同類，古音讀來如押韻一般。楚竹書本作「芾」，韻腳就不合，是涉九三「豐其芾」而誤書的。今本「屋」字有卦象可尋，作「芾」則卦象並不合。

更重要的是作「芾」的辭氣不通順，文義也不完整。今本「豐其屋」，是指處於極豐盛的年代，若侈大其屋，不合禮分，就會短小其家道。「蔀其家」正如爻象所說是「自藏也。」自藏是自戕的意思（見《經典釋文》），「藏」字是「戕」字古同音的假借字，所以馬融釋為自殘，鄭玄釋為自傷。造屋貪求侈大而不合禮，是自我傷殘之道，家道就不長。因為臣下侈大，君亦將失其光彩，國亦隨之損弊。馬王堆的「蔀」字作「剖」字，剖有分崩離析破壞之義，和傷殘的解釋通貫，可見經文作「蔀」是「剖」的假借，不算錯字，但馬王堆作「剖」更合乎《易》義。但經文若依楚竹書本作「豐其芾，蔀其家」，韻既不合，詞氣文義都不順不通了。

22

要到老維持童心般的好奇心

虔誠做學問和虔誠信宗教一樣，都導源於一顆好奇心。進香拜神或刻苦鑽研，都是想從困惑存疑裡冒出希望來的好奇心。

好奇心是一種極自然的天真意願，像聽一個美妙故事，自然想問下面的結局究竟怎麼樣？所以它是一切知識的開端，也是智力發展的必備條件，最後，好奇心成為維持智慧的長期營養。

童心的好奇來自生命前程的無限，當生命漸漸受限而凍結時，好奇心便萎縮不彰。所以西方的艾渥林・渥曾幽默地說：「當一個人對未來已經完全失去了好奇心時，他才算到了可以寫自傳的年齡！」失去了未來可能的天真新創，只好去反芻過去的陳舊記憶，這句話提醒我們，一旦失去好奇心，知識學問就會有陷入停滯的危險，只有好奇心使思想火花不停地被點燃，是加速思維活躍最可靠的動力。

好奇心也是足以保留文學家藝術家本質的長青丹藥，也是治學者更新活力的泉源，治學者想不知老之將至，重返青春的捷徑便是重拾童年的好奇心。

下面附〈星槎回眸〉一篇：

星槎回眸

我承認：我研究「幽浮」或「外星人」，都是受好奇心的驅使。好奇心足以娛樂自己，如猜謎、解題、探險、考古，無一不證明是美妙的娛樂，我看外星人，也是在娛樂自己。

「幽浮」、「飛碟」，古人叫做「仙槎」，仙槎可以往來星際，所以也稱「星槎」，槎也可寫作查，杜甫詩「仙老坐浮查」，這「浮查」據九家注引王子年的《拾遺記》，又名「掛星查」，有羽仙棲其上。這篇〈星槎回眸〉，就是我回顧自己研究外星人的緣由。

我研究外星人，一開始是受宗教的誘導，信佛的父親在我幼年時，就常對我講起佛教：「人類是怎樣來的？佛教認為人類是天上的天眾降到地球來，不少天眾一來就貪吃『地味』（幼年記憶裡誤作『地肥』），吃多了，生理結構就產生變化，飛不回去了！」這宗教說法在研究學問來說，只能說是一種「玄想」，屬於開天闢地的「神話」類，做學問如果由玄想進入，而事實並未具體出現之前，玄想只是玄想，不算是學問。

我雖寫了不少外星人的文章，還出了一本《我看外星人》的書（九歌發行），因此不少電視臺談到幽浮外星人，幾番打電話約我上電視，我都加以婉拒。為什麼？因為可信事實的本身——外星人

——至今不曾現身，一再聲稱確有在美國新墨西哥州墜毀的飛碟檔案資料，數十年來未見公布，真有嗎？很難說。即使有人確見幽浮在天空飛行，近年美國政府已承認，數十年前已造好飛碟形的快速飛行器，是音速的三倍，從溫哥華飛到佛羅里達，跨行北美只須二十幾分鐘。那麼許多人親見幽浮飛行，仍不等於有了外星人。事實並未被具體證明，我可以寫文章出書作為「趣談」，但決不可上電視證實確有外星人。出書名為《我看外星人》也只界定在「我看」的範圍內，沒有外星人的真憑實據出現，「外星人」仍可能是個假問題，不適宜上電視作證，這是一個做學問的人應守的分寸。

父親向我說的佛教神話，後來知道是根據大藏經裡的《阿毘達摩俱舍論》，這書全在講「天道」，佛教講「六道輪迴」，其中有「天道」，我相信佛是無所不知的，因為佛說人的眼睛裡有幾種蟲，頭髮裡有幾種蟲，現在明白各種眼疾髮病確由各種細菌引起，在二千七百年前誕生的佛，沒有顯微鏡，究竟是什麼天眼法眼可以辨別出這麼多種蟲的呢？人原是活在蟲叢裡的呀，腸子裡的細菌可以重達一兩公斤！所以佛說有「天道」，應該不是隨便說說。

現代科技尚無法證實「天道」，但世親菩薩寫的《阿毘達摩俱舍論》，由玄奘翻譯的，裡面就講「天眾」本來住在蘇迷盧山的「妙高頂」上，在地球洪荒的時代來到這裡，初來時個個「身帶光明，騰空自在」，由於貪吃「地味」，身體漸重，光明也隱沒，愈吃愈粗糙，最後貪吃「香稻」並耕種，生理也改變，有了男女生殖器官……

佛教的說法，加上我自身中國文學的知識，好奇心就鬱鬱勃勃地發酵起來。「來」字在《說文解字》中以為是「麥子」，麥子為什麼是「來」？因為麥子是「天所來也」。文字學家都對「天所來也」表示「未詳其恉」。而中國文字「麥」又在「來」字下加「夊」，「夊」又是來的意思，更強調麥是「天所來也」。而「神農氏」比起「燧人氏」、「有巢氏」來說，偏獨有個「神」字，《搜神記》裡說：

神農以赭鞭鞭百草，盡知其平毒寒溫之性，臭味所主，以播百穀。

令我想像神農氏是外星來的太空生物學家，來地球採集標本並教人耕種，他的「赭鞭」顯然像一種至今還沒有發明的高科技儀器，能快速測定百草所含營養酵素的成分，可以應付百病。《淮南子》中說神農「一日而遇七十毒」，一天裡就測出七十種有毒的植物，平平無毒的必然更有百十種。

這「天所來也」的麥子，和神農氏的高知識科技，就與佛經「妙高頂」飛下紅塵來貪吃地味，並開始耕種稻麥的「天眾」發生了聯想，寫了一篇〈外星人與神農氏〉發表於一九九五年四月八日《聯合報》副刊。做學問的人必須明白，聯想儘可天馬行空，只能作為趣談，當然也可能觸發學問，但並不就是學問，何況這些聯想，都來自神話。

引起我研究外星人的第二個源頭，是懷疑古代真有過星際戰爭。在上古時代，科學與神話本來很難作分際，好奇心更有了起舞的空間。

因為根據天文科學排列地球等九大行星後，明白各行星與太陽的平均距離：水星是五七九〇萬公里，金星是一〇八二〇萬公里，地球是一四九六〇萬公里，火星是二二七九〇萬公里，木星是七七八三〇萬公里，土星是一四二七〇〇萬公里，天王星是二八六九六〇萬公里，（海王星是四四九六六〇萬公里），冥王星是三九四八二〇萬公里。

如果以地球與太陽的距離當作一個天文單位，用來約分，水星與太陽的距離接近0.4，金星接近0.7，火星接近1.6，木星接近5.2，土星接近10，天王星接近19.6，冥王星接近39。（海王星牽涉複雜問題，暫不列入）

德國天文學家波德發現這些行星不是任意排列成遠近的，中間有個規則，這規則是$0.4+0.3\times2^n$，便是著名的「波德定律」，據以核算下來：

n是負無窮大次方時，2^n等於0，0.4+0=0.4

正是水星的約分距離。

n是0次方時，2^n等於1，0.4+0.3=0.7

正是金星的約分距離。

n是1次方時，2^n等於2，0.4+0.6=1

正是地球的約分距離。

n是2次方時，2^n等於4，0.4+1.2=1.6

正是火星的約分距離。

n是4次方時，2^n等於16，0.4+4.8=5.2

正是木星的約分距離。

n是5次方時，2^n等於32，0.4+9.6=10

正是土星的約分距離。

n是6次方時，2^n等於64，0.4+19.2=19.6

正是天王星的約分距離。

n是7次方時，2^n是128，0.4+38.4=38.8

正是冥王星的約分距離。

根據這定律推算出來的宇宙奧妙，帶出了一個為何沒有n是3次方時，該有一個X行星為何不存在了？而正在n等於3次方時，核算結果是2.8，而實際觀察值在2.77天文單位處，存在著「小行星帶」，於是天文學家就有人認為原本有的X行星已被爆毀，接著就被想像可能發生過星際戰爭。

我的好奇心便聯想起「羿射九日」的神話也是星際戰爭，加上古來「浮槎」可往來星際的傳說，又加聲如銅鐵的「仙槎」曾於唐代展示於麟德殿，四十年後又飛走等古籍記載，附合在一起，又寫了篇〈羿射九日新解〉在《聯合報》副刊上，這不是什麼學問，乃是由玄想馳騁的趣談，現在見坊間有人大談「羿射九日」的星際戰爭，可見我的「趣談」還在擴大，當然，若是外星人真實出現了，又當別論。至今外星人仍未出現，而波德定律被認為是「巧合」而是否仍成為其「定律」呢？最近三十年對冥王星、海王星的瞭解大為進步，一九七九至一九九九年，冥王星比海王星更靠近太陽，因為冥王星的橢圓形軌道，有「偏心率」，冥王星最近時距太陽四十四億公里，最遠時約為七十三億公里。冥王星繞太陽公轉一個周期大約需要二百四十八年，它雖有五個衛星，已被定義為矮行星，這些新知的彙集修正，自然也沖擊著我的玄想。

我退休後到了國外，每隔幾日就有報導何地出現幽浮的新聞，幽浮熱至今還未退潮，書店裡翻看各國人寫的畫的攝影的各種幽浮書，琳瑯滿櫃，電視的電子模擬圖象尤其逼真活現。我就在想，中國文化如此古老，傳說及記載甚多，也該貢獻出來、留下資料，以待證明。於是我又寫〈國父親見幽浮〉、〈幽浮紀事〉，都取文獻上足以查考的。

其中最令人好奇不解的是：許多不同時代的人，所見幽浮或外星人居然是相同的景象。例如宋代蘇東坡在鎮江金山寺，登焦山絕頂見到「江心似有炬火明，飛燄照山棲鳥驚」，說它「非鬼非人竟何物？」，東坡就稱之為「江神」。到了清代嘉慶六年（一七九九）的舉人崔弼在雩都船上，也望見山頂到山腳，有十餘丈的「列炬通紅，如金蛇百道」，他寫下了「似燃無盡燈，不聞僧梵唄」的詩句（見《國朝詩人徵略》二編卷五十二），和蘇東坡所見同樣神奇。我在美國電視上有人作證，並用電腦模擬所見，也從幽浮中放出百十條奇幻的光線，正如「金蛇百道」，古今中外一致，難免不好奇。

又如明代《高坡纂異》中見「雲中二舟」降廢基上，舟中有人走出來只有二尺多高，其中有的像僧徒。而一九一六年八月二十五日孫中山所見「一圓輪盤旋極速，莫識其何質？運以何力？」正如飛碟，竟載下來「奇僧數十」像在歡迎他。為什麼孫中山近距離所見和明人所見都一樣是和尚？是外星人沒有頭髮，均像和尚？還是這都是佛教「天道」中的高靈呢？都無法以常識或科學來解答。尤其孫中山極重科學，反對迷信，他錄存此事，應非假造。我既廣閱古籍，就將這些有憑有據的資料一齊蒐集起來，盡我的一份責任，出版了《我看外星人》。

資料蒐得愈多，愈傾向於宗教範疇，覺得外星人不但是佛教「天道」中的「天眾」，也就是道家所說的「真人」，《說文解字》的古文真字，造於周末秦初之際，就像畫一個「變形而登天的仙人」，出現在扁南瓜似的飛碟上，而道家對真人的描繪，與《莊子》裡藐姑射山上的「神人」，幾乎沒什麼區別。

在這些玄談之中，忽然藉著古音韻學的知識，證明出《莊子》的「藐姑射」山，就是佛經的「妙高頂」，就寫了一篇證明文字刊登於二〇〇〇年五月十一日的《聯合報》副刊上。這一發現是令人吃驚的！莊子真的可能受了佛教的影響嗎？事有湊巧，下年八月，湖北江陵天星觀戰國中期的二號墓穴裡，出土了「妙音鳥」與「蓮花豆」等佛教文物，等於替我證實戰國中期莊子時代，佛教真的已傳入莊子生活的楚地。我所說的藐姑射山上的「神人」，就是印度佛經妙高頂上的「天眾」，形貌生活都符合，一點都不錯，於是我又寫了篇〈妙音鳥〉發表（收在《黃永武隨筆》上冊），這項學術上的大發現，不僅將改變對莊子思想的研究，也將改寫中國哲學史。這大發現竟在好奇心驅使下摸索了一陣玄想時發現的呢！

23 跟友朋及讀者息息相通的學問，才是有生命的學問

做學問，朋友的切磋，讀者的回響，都是很可貴的鼓勵，會造成一定的影響。作者發表的各種論點，一旦被適當回應，一旦被接受，都會成為正面的肯定句。即使讀者熱情高昂想要刪改作者的論點或文詞，加以補充，也激盪原作者的腦力，可以增強原作者的信心與後繼有力的勁道。

所以做學問是「同行」越多，發明就會越多，不要怕別人也做「同行」，店多才能成市嘛！更不要怕別人勝過你，因為西方人的最新統計顯示：「一個人的成就高度，就是他最常來往五個較為成功朋友成就的平均高度。」所以要怕別人不如你，要怕勝過你的人太少，要去結交勝過你的人，只有比你高的朋友，才能向上拉拔你的平均高度，才是你學習的好榜樣。

做學問首先要放下嫉妒心，別人比你好，你就由羨生畏，由畏生怨，由怨生妒，妒心一起，別人的長處全看不見，只有氣憤填膺，只在別人弱點上挑剔，暗地裡搞破壞。那麼「服善之心」全已消失，整日東罵西罵，自以為有用，其實已淪為最沒用的一個。必須正面抱著「與人為善」、「廓然大公」的心，嫉妒問題才能解決。

做學問還須放下驕矜心，老覺得自己高出於別人，要和別人一決短長，最好別人都擱筆，由你慢慢來包辦。明明別人說對的，你也來個「偏不如此」。西方名作家說：「一個不信任讀者智慧（包括友朋智慧）的態度傲慢作者是無法寫出好文章的。」做學問也是如此，單憑自負，難以久長，要相信千秋學問，自有公論。天下學問是最公的東西，每人都有享受研究之樂的權利，每人都有維護論點正確的義務，友朋的切磋，讀者的回響，常是求之不得的好意見，身處學海中要學佛經裡的「常不輕菩薩」，看重別人，虛心踏實，戒除爭勝心，戒除囊括心，公公平平，不求僥倖的虛譽，驕矜問題才能解決。

放下嫉妒心，放下驕矜心，問題都集中在認不認識一個「公」字，「偏私」對學問並無好處。學問因眾人而產生，仗眾人而進步，亦依眾人而存在，所以學問是天下為公的。我們做學問要跟天下眾人、乃至千秋眾人都引起共鳴，息息相通，才是有生命的學問、才是能不朽的學問。

下面附〈友朋及讀者的回響〉一文：

友朋及讀者的回響

拿破侖曾說：「不是哪個精靈領導我，告訴我，什麼該做，而是回響領導我，告訴我。」拿破侖算得上大人物吧？如此重視「回響」，其實各行各業都該重視它。寫作者或研究者一樣需要它，不要以為焦心苦思只是自己的事，不需要合作，「回響」是由別人反芻後，用機智創造出來的想法，乃是對自己沒有壞處而只有助益的一種合作方式。

現今有了電腦，「回響」會輕易地從四面八方傳回來，它也傳向群眾，更傳向久遠。

我有一篇〈看戲就是讀書〉的文章，提及少年時代看電影《羅馬假期》，記敘一位公主偶爾出宮恣情遊賞，邂逅帥記者，倆人同樂，熱情得過了頭，後來公主回宮，在堂皇的公開記者會上，帥記者悄悄奉上同遊時的私密鏡頭底片，不洩漏一字，不交換一語，默默祝福離開，看到這裡，我被這美德激發得熱淚盈睫。

在電腦的部落格裡見到一條「回響」，有位女讀者說，她看罷這篇文章，使她大大的放了心。因為她看《羅馬假期》時同樣流淚，一直以為自己太濫情，有點難為情。發現我也「熱淚盈睫」，就可以把羞澀之心解除了。

眾人為什麼都同為之落淚？因為泰戈爾說過：「沒有流露的愛情是神聖的！」真正深刻的愛總深藏不露，唯其不露，才如此動人。如果以獨家新聞成為賣點，或到處嚷嚷「我跟公主接過吻」，就庸俗不堪。我和這位讀者都不是濫情，而是因這崇高的神聖性而感動落淚。

這位讀者很平常的話，令我想起慕尼黑一位著名的李普斯教授說過：「這便是快感之源，一個人在異己的對象中發現到他自己，由是產生出一種心靈的共鳴，足以提供一種特別的滿足。」

讀者從書本引起的共鳴中，得到快感滿足，其實作者也由這「回響」中，得到被讀者接受的幸運感，又再度同樣地「在異己的對象中發現到自己而感滿足」，因為寫作的榮耀，就是使作者的心智能無遠弗屆地進入別人生活裡。

又如我在《中國詩學：設計篇》增訂本頁二七七，談到一首唐代邊將張暌妻侯氏，曾作〈繡龜形詩〉，繡文字成四足頭尾的龜形，獻給唐武宗御覽，皇帝被感動了，命暌還鄉。

我在書中惋惜：可惜只是字形排列屈曲如龜，內容沒和龜配合，要不然就會被視為二十世紀的圖象詩、具象詩的鼻祖。我的意思偏重形式與內容一致，讓讀詩時兼看畫，像二十世紀的康明思，努力把詩當作一項在紙上結構的形相而形成「視覺詩」，突破詩的「時間」要素，產生「空間畫面」的立體性。

後來看到有位先生在部落格中轉載他發表的論文，「回響」到這一首〈繡龜形詩〉，他說：「以龜為圖來顯明言外之意，龜的爬行速度緩慢，用以表示回鄉緩慢無望。龜又與歸同音，有望歸之意。」看得出來，他有想刪改我文意的熱情，他認為繡作龜形，表示回鄉緩慢，這層新意是可能的，可以補我文意中的不足。至於說「龜」、「歸」同音，有望「歸」之意，又打開一個新的論點：今日國語「龜」、「歸」同音，可以用作雙關，在唐代龜歸同音嗎？浙江吳語與臺灣話中保留不少古音，吳語將「小烏龜」說成「小烏姬」，龜發姬音，不接近歸音。臺灣話「龜」發「古」音，舊也說成「古」，所以《說文解字》將龜解釋為舊也。臺語槓龜說成槓古，與歸音也不近。龜、歸的古韻部相隔甚遠，但同為見紐雙聲，晚唐人能否由「龜」音就聯想為「歸」？這問題探討起來，又生另一番樂趣，回響能使腦力一波波激盪，一層層推新，治學艱辛中的快感，就是這樣產生的。古人以文會友之樂，使道益明，使知日進，都要逢到「嘉會」才能互通意見，現今則電腦一臺，那種「四海之友，遠采文明」的理想，都可以在「回響」中實現。

二〇一〇年十一月南華大學在鄭定國教授的大力擘劃下舉辦「黃永武先生學術研討會」，是一次以「嘉會」方式的「以文會友」，友朋的「回響」聚集一地，先由黃慶萱教授述介學術，葉政欣教授講述生平。

其後張高評教授分析我的學術有三端，其一、博觀約取，推陳出新。其二、學科整合，另闢蹊徑。其三、方法條例，金針度人。這三點，本書第十二節、第十三節、第十四節，已借光其說展開詳述。

接著發表論文十五篇，發表者皆一時之選，窮研有得，各出鋒穎，其中評議我散文者，已在《好句在天涯——我怎樣寫散文》中提及，專評我學術著作者，計有陳章錫教授、林慶彰教授、王祥穎教授、鄭定國教授、李添富教授、林聰明教授。韓國全南大學吳萬鍾教授亦趕來發表其「回響」。

西方名作家曾說：「回響像是高聲宣讀著特選的章節似的。」的確，被友朋特選的章節，經過省思，加以傳揚，好像被證明為平正通達而無誤，是一種難能可貴的快樂經驗。古人說：「為學必資於友。」就是此種切磋的快樂經驗所產生鼓舞的力量吧？

二〇一二年九月，《愛廬小品》由漓江出版社在上海發行簡體字本。十月，《中國詩學》增訂本由步印文化企業的新世界出版社在北京發行簡體字本。我的書首次在大陸普及,「回響」亦如春潮排壑似的,瀑雷濤雪,喧騰一時,至今執筆為文時,見當當網站,評論《中國詩學》者達八二六位,京東圖書網站亦有一八六人評價。

「回響」中都是讚美,對此,我只有感動,不敢引述,以免被看做往自家臉上貼金,反而不體面。就略述引起我深深感觸的幾條「回響」吧:

一位黑龍江讀者說:「聽說了這部書很多年,也一直想要買,現在願望實現,讚!」

我寫書的最初動機必然是想娛樂自己,提昇自己。這回音卻讓我明白,它也娛樂了邊陲遠方的別人!

另一位說:「先只買了《思想篇》,只想晚上翻翻,看了幾行,就驚得坐起,這是一部和別的書完全劃清界線的書,趕快去買全套。」

被讀者買了書去,對作者來說是很開心的事,何況是經過讀者內心得到啟迪、比較、省思,變成喜愛的書,意義更非尋常,就像結識天下的人固然是樂事,結識經過選擇較為知心的人,當然更樂。

另幾位讀者有不約而同的看法:

「看了想哭!大陸去臺灣的人很多,他們離井別鄉的愁苦,如果有體積的話,得要多大的空間來盛?但在大陸學者『沒有不說話的權利』的時候,他們兢兢業業,保留了文化傳統……他們的淚完全沒有白流。」

「天幸我們還有臺灣……分裂的是國土，保存的是文化。」

「對寶島臺灣傳統文化傳承之厚重深有體會。」

「看了想哭」四字，也讓我不自禁地老淚滴眶！這些「回響」是何等有情地想還原遠方作者的心靈與經驗！令我覺得全世界任何尚存封閉狀況的角落，都在想通過我的書，了解我。當年想延續中華文化命脈於一線的心願，想從中華文化的美感中挽回國族元氣，一字一字，都用忠膏義血寫成，別人也都體會到了。今日回想起來，寫書變成了一件最幸福的事。

也有一位讀者在讚譽之餘，也不忘指出：「可惜繁體簡體的校對有些問題，我已經發現幾個明顯的錯誤，希望再版後能夠糾正。」

我想這個美中不足的事，有時是電腦轉換繁簡時，常會自動跳改吧？像《鑑賞篇》簡體本頁八十八〈調侃〉一節：「試看明人李維楨的〈西人謠〉」，其中「李維」兩字，怎麼會跳成「利瓦伊」的呢？幸好詩末注了《大泌山房集》，還可以查出李維楨的姓名。真希望再版時能夠糾正，不然就只好找臺灣原本核對，原本錯字極少，高雄巨流公司校對得頗為仔細，一句詩裡只要差一個字，好壞就天壤之別，校對工作重要，加油吧！

24

做學問沒有可以自滿的一天

做學問沒有可以自滿的一天，學問恆是一層外面還有一層，你知曉的一層外面，恆有你尚未知曉的一層。即使你所知曉的一層內，也有手滑、目眊、思短、心忘的時候，不知不覺摸錯了門道，留下了敗筆。何況識淺知陋，今是昨非，天外之天，尚有不知曉的一層，二層，三層……火候不到，根本難臻其境。

所以做學問最好不要自賢自是，自賢常是由於讀書少、驕態多；自是常是由於見地淺、我執深。楊園在《淑艾錄》裡說：「功夫愈切實則心愈虛，心虛而後能從善。」心虛是因為功夫切實才能做到的，心虛則謙而受益，乃有向「善」繼續發展的空間。又說：「惟不敢自是一念，可以為進學之地。」自是起念於自滿，滿則前面沒有空地了，只有招損後退，退損都難免，如何再上一層進步於學問呢？自賢自是，其實是自暴自棄的作為呀！

本書在前面舉攲器「宥坐」為例，至結尾又以不能自滿期許，自始至終，講明做學問——一生求取充滿上梯階層峰般的動力，精益求精，心頭常想想天下學問之大，博通古今之難，單是某一門能熟洽貫串已非易事——就必須永遠懂得虛心。下面舉〈我書中的失誤〉一文為例：

我書中的失誤

我將自己寫的書，重讀了一遍。早期的書裡有錯，可以想見的。但近期的書也有錯，才知自己下筆再審慎，錯謬依然難免。趁著讀者還沒有質問，就自己指出來改正吧！

我在《讀書與賞詩》中賞析李白詩：「床頭明鏡悲白髮，朝如青雲暮成雪」時，說明唐朝人的床，像隻大茶几，放在廳堂上休息或見客用，未必都是夜晚睡覺用，廳堂的床頭擺設著書卷或明鏡。床頭有鏡，十分方便，隨手取來朝亦照，暮亦照，所以李白詩上下兩句文氣是相貫的。到了宋代，將「床頭」兩字改成「高堂」，鏡子掛在高堂上，便不如近在床頭可以朝暮相對，所以我認為宋代改為「高堂」，不如唐代卷子上寫的「床頭」更好，如此賞析，至今我仍認為是正確的。

只是我在介紹唐朝人的床，應該更詳細地說：唐詩裡的床有四種：一是臥榻的床。一是客廳的床，這是在床上可讀書、會客、休息或用餐，四合一用途的床。一是四腳可折疊掛在壁上的椅子叫胡床。還有二種是機器下面安裝框架也叫床。凡上下文聯著個「井」字的，如「玉床金井冰崢嶸」、「鑿井銀作床」，乃是安置井上轆轤框架的床。醡酒的壓酒糟框架叫「糟床」，放置琴笛筆墨的架套設備，或稱「笛床」。安置木馬旋轉可以乘人的舞臺叫「舞馬床」。

我在證明李白「床頭明鏡悲白髮」時，聯想起李白的另一首〈贈別舍人弟之江南〉詩：「梧桐落金井，一葉飛銀床，覺罷攬朝鏡，鬢毛颯已霜。」說這鏡子也在銀床邊，可以隨手取來攬照。手滑一牽聯，錯了！不應舉這首詩，這「銀床」上下有「井」字，不是臥榻或客廳打盹的床，是井上的轆轤框架。梧桐葉子初落在框架上，那是屋外的事，感知歲月推移秋已來了，才在屋內攬鏡自照，覺得髮白不饒人。屋內的鏡子或許仍置在客廳床頭，那與井床是兩回事，應該刪去這首多此一舉的詩。

再翻閱《愛廬談文學》，也有兩個錯，一是說將李白原作「床前看月光」改為「床前明月光」；原作「舉頭望山月」改為「舉頭望明月」的是清初王漁洋。其實有更早的人，是明末的陳繼儒，他在《唐詩選註》裡已經擅自改寫，明末清初的曹學佺和清初的王漁洋都受陳繼儒的影響也跟著改。

另一個錯，錯得離譜，令我自己大吃一驚。這是在〈文字遊戲〉的小節裡舉了一副對聯：

闖賊無門，匹馬橫行天下
元凶有耳，一兀攪亂中原

我說：「闖字沒有了門，只賸匹馬了。一字加上兀，就成元朝。闖賊匹馬橫行天下，又像一個金兀朮就攪亂了中原。」說到這都還算對。下面又接上『元』字有『耳』，就是暗指姓『阮』的自己。」兩句，應該寫「暗指姓阮的」就好，怎麼還多出了「自己」兩字？百思不得其解，不相信出自我的筆下。這篇文章原先發表於《新生報》副刊，打開一九九一年一月二十二日的剪報查看，並沒有這兩句。

這就更怪了，怎麼無中生有？造成了錯失的呢？仔細回想，必然是在《愛廬談文學》一書排印送來校稿時，匆遽之間，發現「元」字有「耳」是暗指姓「阮」的，在文中沒有提到，漏掉了，趕快補上。前面又說「在門上貼了這副紅聯」，一時目眊思短，輕率添加，以為紅聯是自己貼的，就指自己了！其實是被別人貼的，罵姓阮的，前面少了「被人」貼的「被人」兩字，以致添加時又跟著錯了。

這副聯語遊戲，其本末及說解應予更正如下：

明末有位喜歡做燈謎的人，當馬士英起用奸臣阮大鋮，在阮官拜兵部侍郎到任的那天，那人去阮宅的門上貼了一副紅聯云云。

闖字沒有了門，只賸匹馬了，指姓馬的大權獨攬，他像闖賊匹馬橫行天下；元字有耳，就是暗指姓「阮」的，一字加上兀，就成異族入侵的元朝，他像金兀朮攪亂了中原。在罵馬與阮兩個禍國殃民的傢伙。

又如我旅行至比利時，見到數十年前法國世界博覽會場留下的「中國屋」，轉贈給比利時，那棟建築形色華麗，十足東方氣派，但正門上方有一個匾額，大書「弓皐在庭」四字，這詞彙在今日不多見，容易考倒來訪的遊客，我在遊記裡頗生疑問地寫道：

弓皐不算一個詞彙，皐指虎皮或大鼓，庭前有弓有虎皮，大概意謂有武將座席在此吧？能說文武之道齊備嗎？（《生活美學・情趣》頁一九九）

提出這樣的疑問，並不正確。腳步雖走了過去，心頭就一直在反芻這個壘塊，有一天讀宋代張載的傳記，知道張載曾經坐在虎皮上講《易經》，京師聽從者甚眾。想到文士講席亦可能稱皐比，如《明書・王世貞傳》中就以「皐比」形容聚生徒於門戶者。那麼「弓皐」不全屬武將，亦有「一文一武」的可能，但在國際博覽會上稱「文武齊備在庭中」有何意義呢？仍是個難消化的疑問。

後來我教《史記》，講到〈留侯世家〉，提及在武王伐紂後：

倒置干戈，覆以虎皮，以示天下不復用兵。

噢，答案可能與此接近了！不久又讀到馬王堆新出土的帛書本〈昭力〉有句話說：

上政垂衣裳以來遠人，次政橐弓矢以伏天下。

上政垂衣裳以來遠人，是指黃帝堯舜吧？次政櫜弓矢以伏天下，是指武王伐紂以後吧？那麼「弓臯在庭」是說將弓放入虎皮做的韜囊之內，置於庭前，以示天下不復用兵，天下皆伏其善，共享和平之福，這世界博覽會正值世界大戰之後，「弓臯在庭」四字正是中國向全世界展示的美意與希望呢！

意思可能猜得差不多，但還不是十分契合，至少還有三個問題，一是「弓臯」若是取「弓櫜」的意思，可惜臯的字音和櫜不相近，櫜音拓，如果音近該多好？二是「在庭」兩字取何意義？是泛指博覽會場嗎？三是〈昭力〉是佚書，到一九七三年才出土的書，寫「弓臯在庭」的是清末民初的學者，寫匾額時〈昭力〉還沒出土，一定是另有出典來歷。

時隔歐洲旅行已二十年，我忽然想起：新出土的佚書〈昭力〉中「櫜弓矢」的「櫜」，可能是個錯字，若不是專家們隸定時有誤，就是原文已錯。我找了幾本馬王堆帛書影卷來看，字跡漫漶不清，我認為這「櫜」應該是「櫜」字，櫜與櫜都是囊袋，但櫜是一般用的囊袋，櫜是專收藏弓矢干戈兵器的囊袋。主要是：櫜音「拓」，而櫜音「箇奧切」正音臯。

原來「弓臯在庭」四字，是用《詩經．小雅．彤弓》的「彤弓弨兮，受言櫜之」，及《詩經．周頌．時邁》的「載戢干戈，載櫜弓矢。」這「櫜」是用虎皮製成（見《禮記．樂記》：倒載干戈，包之以虎皮。）或櫜上漆以虎皮斑紋（見《左傳．昭公十五年》：彤弓虎賁。賁是彩紋）這「弓臯在庭」的匾額，依《詩經》當寫作「弓櫜在庭」，用臯不用櫜者，櫜字大家不認識，而櫜、臯同音，同為虎皮，用皐則韜囊的虎紋更易彰顯吧？

〈時邁〉詩正是武王伐紂後巡守祭天的樂歌，所歌頌的韜藏弓矢，與《史記》所說「倒置干戈，覆以虎皮，以示天下不復用兵」正相應合。〈彤弓〉詩則是晉文公獻功時，受賜於周襄王，庭中鐘鼓既設，虎賁在目，諸侯嘉賓雲集在庭。所以在二次世界大戰結束時，中國是戰勝國，受聯合國推舉為常任理事國，各國嘉賓盛會於世界博覽會場，因而標舉此「弓皐在庭」四字於中國屋上，很切合當時輝煌的時空背景，也期待世界「不復用兵」的長久和平呢！

這遊記中的一個錯誤，經歷了漫長的二十多年才有更正的機會。

附錄　黃永武著作年曆簡表

（本表製於二〇一三年十一月）

民國二十五年(1936)	一歲	農曆二月九日生
民國三十五年(1946)	十歲	抗戰勝利，由屯溪回上海讀小學五年級
民國三十九年十二月(1950)	十四歲	由滬至香港
民國四十年三月(1951) 九月	十五歲	抵臺灣臺南 入臺南一中補校讀初中三年級
民國四十一年九月(1952)	十六歲	考入臺南師範學校 開始投稿寫作
民國四十五年一月(1956)	二十歲	在臺南師範附小任教，出版《呢喃集》
民國四十六年一月(1957)	二十一歲	在《臺灣教育輔導月刊》發表〈易經蒙卦啟示的教育理論與方法〉
民國四十七年一月(1958) 九月	 二十二歲	出版《心期》 入東吳大學中文系，期間常在《聯合報》副刊發表新詩，大三時創辦「大學詩社」任社長，《大學詩刊》第一期出版於民國五十年五月，為國內大學首開寫作新詩風氣之社刊，民國五十一年東吳畢業

民國五十三年七月(1964)	二十八歲	獲國立臺灣師範大學國文所碩士，碩士論文《形聲多兼會意考》由中華書局出版，後由文史哲出版社印售。並撰寫《字句鍛鍊法》初稿
民國五十四年九月(1965)	二十九歲	入師大國文所博士班
民國五十七年十一月(1968)	三十二歲	在師大博士班，於《中山學術文化集刊》發表〈王輔嗣明爻辨位例釋〉 又試寫〈易象類釋・天文地理章〉，並未發表
民國五十八年八月(1969) 十一月	三十三歲	出版《字句鍛鍊法》，由商務印書館發行 於《中山學術文化集刊》發表〈易先後天卦位合言及遞用例證〉
民國五十九年十一月(1970)	三十四歲	在師大畢業，獲國家文學博士，博士論文《許慎之經學》，由中華書局出版
民國六十年七月(1971) 八月	三十五歲	出版《詩心》，由三民書局發行 任職國立高雄師範大學國文系系主任兼教務長籌編學報，發表《怎樣欣賞詩》於創刊號
民國六十三年八月(1974) 十月	三十八歲	創辦國立高雄師範大學國文研究所並兼任所長 編成《杜詩叢刊》七十二冊，由大通書局出版 獲第一屆金筆獎
民國六十五年六月(1976) 十月	四十歲	出版《中國詩學：設計篇》、《中國詩學：鑑賞篇》，由巨流圖書公司發行 出版《杜甫詩集四十種索引》，由大通書局發行

民國六十六年四月(1977)	四十一歲	出版《中國詩學：考據篇》
八月		出任國立中興大學文學院院長
民國六十八年四月(1979)	四十三歲	出版《中國詩學：思想篇》 創立中國古典文學研究會，任創會會長，並召開第一屆大會，出版《古典文學》第一期，由學生書店發行
民國六十九年二月(1980)	四十四歲	《中國詩學》獲第五屆國家文藝獎（文藝理論類）
七月		父親過世，開始編纂《敦煌寶藏》以資紀念
民國七十年八月(1981)	四十五歲	《敦煌寶藏》第一輯十冊問世，由新文豐發行
十二月		出版《愛國詩牆》，由尚友出版，後改黎明印行
民國七十二年八月(1983)	四十七歲	中興大學文學院院長任滿六年，赴美康乃爾大學任訪問教授
九月		與張高評合著《唐詩三百首鑑賞》，由尚友出版，後改黎明印行，並與張高評開始編纂《全宋詩》
民國七十三年八月(1984)	四十八歲	由美康乃爾大學返中興大學
十二月		出版《詩與美》，由洪範書店發行
民國七十四年一月(1985)	四十九歲	出版《載愛飛行》，由九歌出版社發行
三月		出版《珍珠船》，由洪範書店發行
六月		出版《敦煌叢刊初集》十六冊，由新文豐發行 出版《抒情詩葉》，由九歌出版社發行
八月		出任國立成功大學文學院院長，創辦歷史語言研究所並兼所長
十二月		《敦煌寶藏》一百四十冊印成

民國七十五年一月(1986) 六月 十一月	五十歲	增訂本《字句鍛鍊法》，由洪範書店發行 編成《敦煌古籍敘錄新編》十冊，由新文豐發行 編成《敦煌遺書最新目錄》
民國七十六年五月(1987)	五十一歲	出版《敦煌的唐詩》，由洪範書店發行，後編入日本《講座敦煌》 出版《讀書與賞詩》，由洪範書店發行
民國七十七年五月(1988) 八月	五十二歲	與張高評編成《全宋詩》，後交由黎明印行，但中途解約，未印出 轉往市立臺北教育大學任教
民國七十八年八月(1989) 十月	五十三歲	與施淑婷合撰《敦煌的唐詩續編》，由文史哲出版社印行 在金山農場置「愛廬」，開始在《中央日報》寫「愛廬小品」專欄；又在《中華日報》寫「海角讀書」專欄；《新生報》寫「詩香谷」專欄 出版《詩林散步》，由九歌出版社發行
民國八十一年四月(1992) 七月 九月	五十六歲	出版《詩香谷》第一集，由健行出版社發行 出版《愛廬小品》，分《靈性》、《生活》、《勵志》、《讀書》四冊，由洪範書店發行 出版《詩香谷》第二集
民國八十二年一月(1993) 四月	五十七歲	出版《愛廬談文學》，由三民書局發行 《愛廬小品》再獲第十八屆國家文藝獎（散文類）
民國八十四年二月(1995)	五十九歲	出版《愛廬談心事》，由三民書局發行

民國八十五年二月 (1996) 八月	六十歲	在市立臺北教育大學退休，赴加拿大 回臺灣任教東吳大學
民國八十六年十二月 (1997)	六十一歲	出版《生活美學》，分《天趣》、《諧趣》、《情趣》、《理趣》四冊，由洪範書店發行
民國八十七年七月 (1998) 九月 十一月	六十二歲	辭任東吳大學教職，赴加拿大 出版《愛廬談諺詩》，由三民書局發行 出版《詩與情》，由三民書局發行 在《中央日報》寫「地北天南」專欄
民國八十九年六月 (2000)	六十四歲	出版《我看外星人》，由九歌出版社發行
民國九十年三月 (2001) 九月	六十五歲	開始在《中央日報》寫「林下小記」專欄 出版《山居功課》，由九歌出版社發行
民國九十一年七月 (2002)	六十六歲	新增訂本《字句鍛鍊法》，由洪範書店重排問世
民國九十五年五月 (2006) 八月	七十歲	《中央日報》結束發行，《林下小記》已撰就四冊稿件尚未出版 增訂本《抒情詩葉》，由九歌重排問世 開始增訂《中國詩學：鑑賞篇》、《中國詩學：思想篇》、《中國詩學：設計篇》、《中國詩學：考據篇》
民國九十七年七月 (2008) 九月	七十二歲	新增本《中國詩學：鑑賞篇》，由高雄巨流公司出版 新增本《中國詩學：考據篇》，由高雄巨流公司出版 《林下小記》四冊稿件，改名為《黃永武隨筆》兩冊，由洪範書店發行 開始擴大完成《易象類釋》，改名為《黃永武解周易》

民國九十八年九月 (2009)	七十三歲	新增本《中國詩學：設計篇》、《中國詩學：思想篇》，由高雄巨流公司出版
民國九十九年十一月 (2010)	七十四歲	南華大學召開「黃永武先生學術研討會」，論文編入學報 《黃永武解周易》交由新文豐出版公司排印
民國一百年十一月 (2011) 十二月	七十五歲	寫作完成《好句在天涯——我怎樣寫散文》 出版《黃永武解周易》，由新文豐發行
民國一百零一年四月 (2012) 九月 十月	七十六歲	出版《好句在天涯——我怎樣寫散文》，由三民書局發行 《愛廬小品》簡體字本由大陸漓江出版社在上海發行 《中國詩學》增訂本簡體字本，由大陸步印文化新世界出版社在北京發行
民國一百零二年二月 (2013) 四月 十一月	七十七歲	續訂《字句鍛鍊法》，雖已經二訂三訂，此則四訂為〈定稿本〉 開始撰寫《我心萬古心——我怎樣做學問》 《我心萬古心》完稿，寄往三民書局
民國一百零三年 (2014)	七十八歲	預計出版《我心萬古心——我怎樣做學問》，由三民書局發行

人文叢書

◎綠窗寄語

謝冰瑩 著

本書是謝冰瑩女士最受歡迎的散文集之一，收錄了她與讀者、朋友間交流的書信：有的是指引青年的公開信；有的是給女性朋友的私房話；有的是文學創作的經驗談；有的是解決情感問題的獨到見解。在內容五花八門的讀者來信中，謝女士像個朋友般，用她豐富的閱歷與淺近的文字，親切地回答每個疑問，使內容既實用且溫暖，而全書以書信體的形式呈現，也讓人讀來倍感溫馨。

◎遲開的茉莉

鍾梅音 著

嘗盡苦痛靈魂的才是最美的靈魂——《遲開的茉莉》是一部恬淡細緻，文詞優美的短篇小說集。鍾梅音女士認為小說的靈魂在於人物的創造，此書成功實踐了她的創作理念。那些經歷人生苦澀磨難的角色們，有其傷痛有其脆弱，但最終仍迸發出燦爛的人性光輝，感動無數讀者，而這也是作者自身秉持不移的美好信念。不論時空如何遞嬗，這種溫暖的文學力量，總能透過閱讀，串連起每個世代，慰藉你我的心靈。

◎雪樓小品

洛 夫 著

雪樓內有文、有詩、有書畫，是洛夫探索文藝、既自由且愜意的理想天地。多彩爛漫的文人氣息，與窗外雪落無聲的寂靜，形成強烈的對比。洛夫在溫哥華期間，不忘讀書、不忘創作，更不忘品味新生活，本書即為洛夫讀書的感悟與生活的感受。沒有政治或敏感議題，篇幅簡短，雋永有味。讀者可以與洛夫一同讀情詩、詠古人，與洛夫在後院種花蒔草，享受收成的快樂，與洛夫閒話酒茶。透過本書與洛夫促膝長談，重新發掘您所忽略的生活情趣。

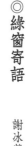

人文叢書

◎我與文學

張秀亞　著

「美文大師」張秀亞女士以美善的心靈、細膩的情思、優美的文字寫成這本《我與文學》。它將開啟你的心靈，讓你以新的眼光來看待身邊的一切，進而體會英國詩人華茨華斯所說：「即使是一朵最平凡的小花，也會使人感動得流下淚。」我有一個時期，曾企圖自室內走到戶外，如今，我才發現在戶外停留得太久了，我要回到屋簷下，回到心靈的內室裡來，諦聽他人以及自己靈魂的微語——那才是人類真正的聲音。